클락워크 도깨비

-경성, 무한 역동 도깨비불

KB093471

클락워크 도깨비

-경성, 무한 역동 도깨비불

ⓒ 황모과 2021

초판 1쇄	2021년 12월 27일		
지은이	황모과		
출판책임	박성규	펴낸이	이정원
편집주간	선우미정	펴낸곳	도서출판 들녘
편집진행	이동하	등록일자	1987년 12월 12일
디자인진행	김정호	등록번호	10-156
일러스트레이션	메아리		
편집	이수연·김혜민	주소	경기도 파주시 회동길 198
마케팅	전병우	전화	031-955-7374 (대표)
경영지원	김은주·나수정		031-955-7376 (편집)
제작관리	구법모	팩스	031-955-7393
물류관리	엄철용	이메일	dulnyouk@dulnyouk.co.kr
		홈페이지	www.dulnyouk.co.kr

ISBN   979-11-5925-711-7 (04810)

클락워크 도깨비

-경성, 무한 역동 도깨비불

황모과

gobl

목차

복이야, 향아, 순이야, 금아, 은아, 내 딸들아. 오는 길이냐? 조금 늦어도 괜찮으니 건강하게 돌아오너라. 돌아가기 위해 존재하는 곳이 고향이란다. 돌아오라고 말하는 곳이라 고향이다. 아무도 말하지 않는다면 내가 죽을 때까지, 아니 죽어서라도 여기서 소리치마. 한 사람이라도 기다리고 있으니 누가 뭐래도 이곳이 너희의 고향이란다.

길이 험하더냐. 발 딛기 힘들 정도로 길이 거칠더냐. 땅이 모질더냐. 날이 궂더냐. 오다가 나쁜 사람을 만나지 않았느냐. 조금 늦는 건 괜찮으니 돌아오더라도 꼭 안전한 길을 골라오렴. 따듯하고 폭신한 곳에선 잠시 쉬고 몸을 추스르렴. 한숨 푹 자다 일어나렴. 돌아오다 좋은 사람을 만난다면 자리 잡고 아이 낳고 행복하게 살다 오렴. 늦게라도 좋으니 꼭 무사히 돌아오너라.

돌아올 길을 밝히고 있을 터이니.

1

연화의 첫 번째 불은 아버지의 화로에서 타오르는 불이었다. 연화의 아버지는 평생 불과 쇠와 씨름했다. 아버지의 시간은 자신이 만든 쇳물처럼 느리게만 흘렀다.

연화는 종일 아버지가 쇠를 두드리며 일하는 모습을 지켜보았다. 풀무질 한 번에 큰불이 번졌다. 간단히 깨지지 않을 단단함을 기어이 깨트리려는 소리가 사방에 울려 퍼졌다. 번쩍이는 빛과 함께 불꽃이 튀었다. 간혹 얼굴에 튄 불똥에 상처를 입기도 했지만 연화는 이상하게도 불을 바라보고 있으면 마음이 편했다.

"대장장이 집안 여자라면 불을 지피는 것뿐 아니라 불

을 다룰 줄도 알아야 한다."

과묵한 아버지가 입을 열 땐 불 얘기뿐이었다.

연화는 불을 관리하는 일도, 첫 불을 지피는 일도 다 좋았다. 아버지 말이 아니었대도 연화는 좋아했다. 의무나 책임이 아니었다. 장작을 쌓는 일보단 패는 일이 좋았고 공기놀이보다 나무에 오르는 게 좋았고 세간살이를 관리하는 것보다 들판을 뛰어다니는 게 좋았다. 미끄러운 길은 신중하게만 걷는 것보다 가마니를 타고 미끄러지는 게 편했다. 숲에선 쑥을 캐는 것보단 도깨비불을 잡으러 다니는 게 좋았다.

연화의 두 번째 불은 갑이의 도깨비불이었다.

도깨비불은 불 중에서도 가장 묘하고 매혹적이었다. 도깨비불을 잡아둔다면 아침이 올 때까지 어둠을 밝힐 수 있을 것 같았다.

밤마다 묘지에 나타나는 불은 조금씩 형태를 바꾸며 마치 연화를 놀려먹듯 펄펄 날아다녔다. 밤새 불을 잡으러 쫓아다녔다. 나비 쫓는 고양이처럼 날아다녔다.

딱 한 번 연화가 손안에 불을 잡은 적이 있었다. 감싸 쥔 손가락 사이로 눈부시도록 푸른빛이 새어 나왔다. 주전자에 불을 담고 얼른 뚜껑과 입구를 막았다. 그 순간, 푸른 불은 갑자기 연기처럼 꺼져 흩어졌다. 도저히 가둘 수 없는 불을 쫓다 아침이 오는 줄 모를 때가 많았다.

그러던 어느 밤, 아슬아슬하게 불을 놓친 순간 또래 소년의 모습을 한 남자애가 나타나더니 낄낄댔다.

"나랑 씨름할래?"

소년은 연화를 보고 이 밤중에 여기서 뭘 하느냐고, 계집애가 꼴이 그게 뭐냐고 산 아래 사람들처럼 묻지 않았다. 다짜고짜 씨름하자고 묻는 녀석이 연화는 마음에 들었다. 녀석과 어깨를 맞대고 다리를 걸고 밀고 끌었다. 꽤 격렬한 몸싸움이 됐다. 체격과 힘에 큰 차이가 나지 않아 잘하면 이길 것 같았다. 포기할 수 없도록 마음을 몰아가는 게 녀석의 기술인 듯했다. 힘이 빠지고 여명이 밝아오자 녀석이 연화를 끌어당기며 풀 위로 풀썩 쓰러졌다. 녀석의 가슴 위로 쓰러지나 싶었는데 연화는 지면에 어깨를 찧었다. 깜짝 놀라 일어나니 싸리로 만든 두툼한 빗자루가 바닥에 뒹굴고 있었다.

"이 자식이, 어디 가! 아직 안 끝났다고!"

"낄낄낄."

도깨비불에 홀린 거였다.

녀석의 불을 잡아둘 순 없었지만 씨름할 때마다 그 애가 몸에 두른 푸른빛을 손끝으로 만져볼 수 있었다. 서늘한 불이었다. 푸른 겉불꽃이 가장 뜨거운 법인데 녀석의 불은 얼어붙을 것처럼 서늘했다. 연화와 도깨비 갑이는 친구가 되었다. 새벽 여명이 도착하기 전까지 둘은 이름모를 자가 누운 묘지를 등받이 삼아 나란히 기대어 있곤했다. 그럴 때면 누가 살아있는 목숨이고 누가 떠나버린 목숨인지 애매했다. 선 그을 수 없는 경계에 몸을 누인 것같았다.

연화가 갑이에게 물었다.

"너희 엄마랑 아버지는 어디 있냐?"

"아무도 없다. 엄마가 그랬어. 내가 조선의 마지막 도깨비래. 조선 사람들은 더는 우리 같은 도깨비를 기억하지 못할 거라고 하셨지."

그렇게 말하는 갑이는 외로워 보였다. 연화는 갑이가 있어 외롭지 않았다.

"괜찮아. 나도 엄마 없다."

갑이는 인간을 놀리는 게 재밌다고 했다. 인간이 되어 낮에도 함께 놀고 싶다고 말했다. 도깨비불로 사는 게 훨씬 더 재밌을 것 같은데 연화는 의아했다.

"인간들은 순 겁쟁이들뿐이다. 별것 아닌 걸 보고 혼비백산하며 꽁무니를 빼는 걸 보면 가관이라니깐."

연화는 갑이가 말한 겁쟁이 인간들 속에 자신은 포함되지 않는다고 말하고 싶었다. 갑이 말처럼 모든 인간이 겁에 질려 사는지 알 순 없지만, 연화가 모든 인간을 대표할 리도 없겠지만, 오기가 생겼다. 우기고 싶었다. 네가 선 그은 좁디좁은 경계 안에 들어갈 생각이 없단 말이다, 이 놈아.

산 아래 사람들에게 연화는 똑같은 말을 들은 적이 있

었다. 사내앤지 계집앤지 알 수 없는 애, 엄마도 없이 얼빠진 아버지와 사는 애, 몰리고 밀려나 산의 산속, 굴의 굴속에 사는 애, 이도 저도 아닌 애…. 연화를 겁쟁이라 지레짐작하는 녀석에겐 제대로 본때를 보여줘야 했다. 증명하는 대신 연화는 갑이와 밤새 씨름했다. 매일 밤 투지에 사로잡혔다.

밤새 씨름을 하다 여명이 밝아오면 녀석은 온데간데없고 싸리 빗자루만 하나 덩그러니 남았다.

"이 자식, 또 나를 놀렸어!"

맥없이 쓰러진 허깨비 싸리비를 보며 연화는 머쓱해졌다. 아침이면 고작 싸리비가 될 존재를 한 번도 이기지 못하는 게 억울했다.

"너, 인간치곤 꽤 근성이 있구나."

잔상처럼 낄낄대는 웃음소리만 남기고 갑이는 아침 햇살 속으로 사라지곤 했다. 연화도 녀석에게 한마디 해줬다.

"넌 인간 아닌 놈 치곤 꽤 재밌는 녀석이구나."

갑이는 연화의 유일한 친구였다. 연화가 화덕에 지필 땔감을 구하다 해가 저물면 갑이가 나타나 발밑을 밝혀 줬다. 땔감이 있는 곳을 알려주기도 했다. 매일 나타나는 걸 보면 갑이에게도 연화가 유일한 친구인 듯했지만 연화는 내색하지 않았다.

"연화야, 너는 나중에 뭐가 되고 싶냐?"

"나? 나는 딱히 되고 싶은 거 없는데?"

"나는 하늘을 날아다니고 싶다…. 땅은 이제 지겹다."

"지금도 날아다니지 않냐?"

"이건 그냥 떠다니는 거지! 파리처럼 앵앵거리는 게 아니라 새처럼 휙휙 날고 싶다. 좁은 데에서 부유하는 게 아니라 하늘을 훨훨 날아다니고 싶다고."

"그럼 나도 되고 싶은 거 있다. 호랑이나 말이 되면 좋겠어. 날듯이 달려보고 싶다."

성격은 달랐지만 둘은 말이 잘 통했다. 씨름하며 서로를 밀어내다가 마음만은 가까워진 듯했다.

"넌 사람을 놀려먹는 게 재밌냐?"

"재밌지! 놀림 받을 만하다. 인간들은."

"뭐가?"

"오래 지켜봤는데 인간들은 전부 다 엉성했어. 너희 아버지만 이상한 건 아니다."

갑이는 연화를 위로하는 척하며 비꼬았다. 스스로 고립되어 사는 연화 아버지를 산 아래 사람들은 얼빠졌다고 말하곤 했다. 고지식한 대장장이인 연화 아버지는 어느 순간부터 뭐에 홀렸는지 아무 데에도 쓸모없는 작고 괴상한 솥만 만들며 살고 있었다.

"너희 아버지의 아버지의 아버지의 아버지들도 그랬어. 죽도록 일해도 제대로 밥 한 끼 못 먹은 인간들이 부지기수였다. 그 아버지의 아버지의 아버지의 아버지는 또 어땠게? 왜 싸워야 하는지도 모른 채 왕을 위해 죽으라는 말이나 들었지. 무기도 되지 못할 작대기를 쥐고 가장 앞 열에 섰다가 모가지가 날아갔어. 넋이 온전한 인간들도 그 자리에 섰다니까."

산 아래에 내려가본 일이 많지 않았던 연화는 갑이가

들려주는 이야기가 재밌었다.

"너희 아버지의 아버지들이 섬긴 인간들의 아버지, 왕이라는 작자들에겐 온전히 얼이 깃들어 있었겠니?"

"넌 어떻게 그 많은 인간을 다 봤어?"

"흄, 지겹도록 오래 살았거든."

갑이는 까마득한 옛일을 엊그제 본 것처럼 얘기했다. 전쟁터에서 널브러진 사람 시체와 말의 사체, 쓸모없어진 무기들을 얘기하며 설레설레 고개를 저었다. 갑이는 모두가 죽고 난 뒤 무덤에서 태어난 존재인 듯했다. 인간이었던 적은 없다고 했고, 젊고 용맹한 장군을 포위해 끝까지 신의를 지켰다고 말하는 걸로 봐선 갑이는 생전에 장군의 말이나 갑옷이었을지도 몰랐다.

"인간이 제정신으로 사는 건 불가능해."

갑이는 밤새도록 인간을 욕하다가 이게 결론이라는 듯 내뱉었다.

"나는 인간이 될 거야."

"왜? 겁쟁이인 데다가 넋마저 홀랑 빼앗기고 사는 껍데기들인데?"

"뭘 모르는군. 나는 껍데기도 남지 않았거든."

갑이가 자기 말에 포복절도하더니 도깨비의 시대는 완전히 끝났다고 말했다. 웬일인지 점점 아무도 자기 장난에 웃지 않게 됐다고 했다. 혼자 남아 외롭다고 했다.

"연화야. 네가 멍청한 인간이라 정말 다행이다. 밤새 나랑 씨름하는 인간이 아직도 있다니, 어리둥절했다."

자기랑 놀아줘서 고맙다는 말도 참 이상하게 한다고 연화는 생각했다.

"나는 언젠가 인간이 될 테니 너는 호랑이가 돼라."

"그래."

어느 새벽, 갑이의 불을 보고 연화 아버지가 새된 고함을 쳤다.

"연화야! 여기서 뭐 하냐!"

아버지에게 들킨 후 연화도 무언가에 홀렸다는 이야기를 듣기 시작했다. 갑이와 놀 때는 몰래 만나야 했다. 낮에 종일 졸고 있으니 아버지가 몰랐을 리도 없었지만. 산 아래 사람들은 부녀를 얼빠진 대장장이와 그 집 넋 나간 계집애라고 불렀다.

부녀는 한성의 북쪽 깊은 산 협곡에 살았다. 아버지는 딱쇠라 불렸다. 아버지는 자신의 먼 조상이 대장장이였고 바다를 건너와 왕이 되었다고 했다. 아버지에겐 왕족에 맞먹는 자부심이 있었다. 연화는 그 말을 믿지 않았다. 왕족의 자손이라기엔 지나치게 허름한 삶이었다.

아버지는 세상사에 도통 관심이 없었다. 아버지가 연화를 곱고 어여쁜 딸로 키우려고 하지 않은 건 연화를 사랑하지 않아서가 아니라 산 아래에서 벌어지는 일에 관심이 없기 때문이었다. 혹은 산 아래 세상과 자신 사이에 접점이 있단 걸 상상하지도, 기대하지도 않았기 때문이었다. 연화는 그렇게 생각했다.

아버지는 대대로 군대에 소속되어 무기를 만들던 장인 집안에서 나고 자랐다. 왜 지금 혼자인지는 연화에게 말하진 않았다. 아버지에겐 꿈도 계획도 없었다. 비싸게 팔릴 도구 혹은 단단한 무기를 만들겠다거나, 제 손으로 위대한 업적을 이룩하겠다거나 그걸로 딸을 잘 키우겠다는 꿈은 없었다. 아버지는 그저 자신의 시간을 두드릴 뿐이었다. 알음알음 찾아온 사람에게 자신이 빚어온 호미나 쟁기 따위의 도구를 건네 먹을 걸로 바꿨다. 자신의 재능으로 세상의 변화에 기여할 가능성을 인지하지 못했다. 조금이라도 알아챘다면 계획을 세웠을 것이다. 완성품을 만들어 정기적으로 장에 내다 팔거나, 남의 집 문을 두드리거나, 혹은 자기 대신 물건을 팔아줄 사람을 물색했을지도 몰랐다. 아버지는 그중 단 하나도 떠올리지 않은 채 오로지 자기 세계에 머물렀다.

연화는 말이 늦었다. 이웃이라곤 산 아랫집 할멈이 밭을 오가다 연화네를 들여다보는 정도였다. 할멈은 안타까운 눈으로 부녀를 들여다보다 갔다. 할멈에게 돌봐야 할 남편과 자식과 손주들이 많지 않았다면 그보단 조금 오래 연화네를 지켜보았을 터다. 연화는 그렇게 생각했다.

그래도 연화는 아버지의 사랑을 의심하진 않았다. 아버지가 만들어준 번개는 자기 방식대로 딸에게 표현한 사랑이었다.

매일 밤 연화는 산을 하나 넘었다. 산을 하나 넘으면 엄마의 무덤이 있었고 그곳엔 갑이가 머물고 있었다. 경사가 완만한 언덕에 폭신한 쑥이 만발했다. 올라가는 길은 미끄러웠지만 내려가는 길은 신났다. 방석 삼은 가마니가 너덜너덜해지도록 미끄러졌다. 산을 오를 때마다 내려갈 때의 짜릿함을 기대하며 숨을 골랐다.

가마니가 헐어 엉덩이에 돌부리가 꽂히자 연화는 조각난 평상에 가마니를 덮어씌웠다. 지나가던 수레를 보고 아버지를 졸라 바퀴도 만들어 달았다. 실용적인 이유로 점점 부품이 덧붙었다. 먼저 손잡이를 앞쪽에 세웠다. 익숙해지니 선 채로 타고 내려올 정도가 되었다. 엄청난 속도에 정신을 차릴 수 없었다. 여러 번 정신을 잃고 쓰러졌다. 속도를 조절할 작대 멈추개를 달았을 즈음엔 멈추개가 필요 없을 정도가 되었다. 연화는 점점 속도를 즐겼다.

경사가 만들어내는 속도 속에 서 있으면 속이 뻥 뚫렸다. 아버지의 화덕에서 타오르는 불을 바라봤을 때 느꼈던 기분과 비슷했다. 연화는 아버지가 만들어준 썰매에 번개라는 이름을 붙였다.

번개를 타고 산 아래에 도착하면 밭일을 하던 할멈이 걱정스럽다는 듯 혀를 찼다.

"쯧쯧, 시집은 다 갔구먼. 왈패는 소박맞는다."

"시집이 어디 있는 건데요?"

"지아비와 시부모가 있는 곳이지. 여자는 아들 낳고 남편 집안을 받들면서 살아야 하는 거다."

"뭐 하러 남의 집에서 고생하면서 살아야 하나요?"

할멈이 고개를 저었고 연화는 번개를 밀었다. 번개가 주는 떨림을 느낄 수 없는 곳이라면 가지 않아도 좋을 것 같았다. 아니 가지 않아야 할 것 같았다.

속도에 익숙해지자 내려가는 길엔 이력이 났다. 연화는 더 재밌게 언덕을 오를 방법이 없을지 궁리하기 시작했다. 내려갈 때의 짜릿함을 기대하며 인내하는 것만으론 부족했다.

'누가 뒤에서 밀어주거나 언덕 위에서 힘껏 끌어 당겨주면 좋을 텐데.'

우물물을 길어 올리는 도르래를 보고 비슷한 방법을 궁리해보기도 했지만 도무지 방법이 없어 보였다. 아버지의 화덕에서 불꽃이 튀는 것을 연화는 하염없이 바라보았다. 불이 힘이 될 가능성에 대해 곰곰이 생각에 잠겼다.

"불하고 어떻게 씨름을 하려고 그러냐? 나는 농으로 씨름을 하는데, 너는 농이 아니로구나."

불 생각에 사로잡힌 연화를 보고 갑이가 코웃음을 쳤다.

화덕 가까이에 놓인 주전자에서 뜨거운 증기가 계속 올라갔다.

2

기이한 소문을 들은 것은 연화가 열 살이 되던 무렵이었다. 왕이 사는 경복궁에 도깨비불보다 훨씬 무시무시하고 휘황찬란한 불이 나타났다는 소문이었다.

"허! 말도 안 돼!"

갑이는 어처구니없다며 일축했다. 연화는 직접 보러 가고 싶었다. 둘은 함께 산을 넘었다. 연화는 설렘을, 갑이는 의구심을 품고 경복궁으로 향했다. 인왕산에 도착해 궁궐이 잘 보이는 곳에 자리를 잡았다. 사람들도 한밤에 산에 올랐다. 둘은 무리의 가장 뒤편에 섰다. 평소 인간을 비웃던 태도는 어디로 간 건지 갑이는 많은 사람 앞에 나서는 건 두려워했다. 연화는 등 뒤에 갑이를 숨기며 신중하게 이동했다. 하지만 녀석이 뿜어내는 희미한 푸른빛에 관심을 보이는 사람은 없었다.

멀리서 굉음이 울려 퍼졌다. 수군대던 사람들 사이에서 탄성이 터졌다. 불이었다. 그것도 눈부신 불! 수백 개의 빛이 궁내를 밝혔다. 도깨비불은 상대도 안되는 휘황한 불빛이 번졌다.

놀라움은 전율을 가져왔다. 어떤 이는 이를 두려움으로 해석했다. 지켜보던 사람 중, 불안을 느낀 사람이 가장 큰 소리로 목소리를 높였다.

"궁에서 도깨비불을 피우다니, 망조구먼!"

"연못을 끓여서 불을 지폈다지 않나. 매일 밤 죽은 물고기들이 떼로 배를 보이며 올라온다고 하더군."

"쯧쯧, 곧 궁에서 사람들이 죽어 나가겠어…."

그들의 목소리는 경탄하는 사람들의 목소리보다 크게 들렸다. 특별한 사건 없이도 불안정하고 불안한 일상이었다. 금방이라도 무너질 듯 아슬아슬한 세상을 발 딛고 사는 사람들이었다. 전에는 듣도 보도 못한 것들이 흉을 불러올 가능성을 먼저 떠올리는 일은 당연했다. 불안한 마음은 쉽게 증폭되었다. 연화는 그렇게 이해했다.

둘은 궁궐 근처까지 내려갔다. 하릴없이 서성이는 인파에 슬쩍 끼어들었다. 담을 에워쌀 정도로 사람들이 모여있었다. 갑이가 은밀하게 불빛을 만들었고 연화는 인기척이 없는 곳의 그림자만 골라 움직였다. 갑이의 손을 잡고 연화는 훌쩍 담을 넘었다. 향원정 연못을 찾는 건 어렵지 않았다. 천둥 치듯 엄청난 소리가 귀를 때렸다. 굉음과 함께 강렬한 빛이 작렬했다.

"와…!"

연화는 넋을 잃고 빛을 향해 나아갔다.

"야, 조심해."

갑이가 연화를 그림자 속으로 끌어당겼다. 연화는 완전히 반하고 말았다. 갑이의 푸른빛을 처음 봤을 때만큼이나, 아니 그 이상으로 신비하고 오묘한 불이었다. 밤새 갑이의 빛을 쫓아다닌 딸을 보고 아버지가 뭐에 홀렸다고 표현했는데, 정말로 홀린 것 같았다. 아침이 올 때까지 저 빛을 바라볼 수 있을 듯했다. 아침이 와도 저 빛의 잔상이 눈 속에 남아 있을 것만 같았다. 침묵에 잠긴 한밤과 전혀 어울리지 않는 굉음과 불과 빛, 그게 만들어내는 끓는 듯한 열기 속에서 연화는 평온했다.

연화는 갑이에게 끌려 간신히 궁궐을 빠져나왔다. 궁궐 담 밖으로 존재감을 뿜어내는 빛을 보며 사람들이 탄복했다.

"대낮처럼 빛나지 않는가? 태양이 밤에도 뜨다니, 세상 오래 살고 볼 일이야."

그 와중에 전등불을 칭송하려는 사람들이 도깨비불을 한갓 반딧불 취급했다.

"반딧불이나 도깨비불을 수백 개 모아도 저 전등이란 것 하나만큼 빛나진 않을 테지."

돌아오는 길에 갑이의 빛은 힘없이 흔들렸다. 역사를 통틀어 인간을 몽땅 깔보았던 갑이는 그날 밤 내내 말이 없었다. 아버지의 아버지들을 지켜보며 오래 살아왔다지만 오늘 본 불은 갑이도 처음 보는 듯했다.

"밤에 태양이 뜨다니, 이치와 순리를 거스르는 게 바로 역린 아니고 뭔가?"

불안감을 자극하는 말도 들렸지만 연화는 하나도 두렵지 않았다. 산 아래 사람들이 하는 말에 귀를 기울이지 않은 게 워낙 습관이 된 걸까? 시집가긴 글렀다는 할멈의 말에 무념하던 것과 똑같은 거였을까? 아니면 불만 보면 홀리고 마는 팔자라도 타고난 걸까?

"밤이 대낮처럼 훤하니 귀신도 무섭지 않겠구면."

사람들의 농담에 갑이만 웃지 않았다. 산으로 돌아오자 갑이가 쓸쓸하게 말했다.

"우리는 사람들이 믿어줘야 살아남을 수 있어. 저런 전등이란 것이 밤을 밝히면 우리 빛은 눈에 들어오지도 않을 거야. 왜 우리 종족들이 점점 사라졌는지 알 것 같아."

연화는 자신처럼 전등도, 갑이의 불도, 둘 다 믿는 인간도 많다고 말했지만 갑이는 여명 속으로 쓸쓸하게 사라졌다.

그날의 모험 후, 연화는 영원히 타오를 불과 빛을 마음에 품었다. 한밤에도 전등을 밝힐 수 있는 세상이 되었으니, 낮에 갑이가 활보할 수 있는 세상이 오지 않으리란 법도 없었다. 연화는 그렇게 믿었다.

고종 24년 정해년 봄이었다.[1]

연화는 궁궐의 불빛을 아버지에게 설명했다. 말이 많아 불을 꺼트리는 여자가 될 거냐고 핀잔이나 들을 줄 알았더니 아버지는 감탄하며 이야기를 들어줬다.

아버지는 손은 느렸지만 실력 하나만큼은 대단했다. 재료가 귀한 시절이었지만 한번 산을 내려갔다 돌아오면 군 소속 야장들이나 광부들에게 무쇠를 얻어왔다. 아버지는 늘 사람들의 눈을 피해 움직였다.

전등을 보고 온 직후, 연화는 아버지와 함께 번개를 개조했다. 단단한 평상 위에 걸터앉을 수 있는 좌석을 세웠다. 아버지가 나무 바퀴 대신 단단한 무쇠 바퀴를 만들었다. 그리고 거대한 주전자가 번개 뒤꽁무니에 달렸다. 화롯가에 늘 놓아두었던 것과 비슷한 둥근 무쇠 주전자였다. 물을 끓인 뒤 번개로 내달리면 주전자의 좁은 입구가 조금씩 열리면서 앞으로 추진했다. 연신 방귀를 뀌어대며 번개가 언덕을 올랐다. 동그란 동력 주전자에 아버지는 원진圓進이라는 이름을 붙여주었다.

아버지의 원진은 신기했다. 불을 힘으로 바꾸는 장치였다. 물이 끓어 압력을 만들어내는 순간은 길지 않았지만, 언덕은 오르는 일도 내려오는 일만큼 즐거운 일이 되었다.

주전자가 더 크다면, 더 뜨겁다면, 주전자의 증기가 더 오래 방귀를 뀔 수 있다면, 그래서 더 힘차게 추진한다면 번개는 하늘로 날아오를 수도 있을 것 같았다.

어느 날, 호미나 쟁기 같은 아버지의 농기구를 쌀로 바꿔가던 사람이 꽤 많은 양의 도구 생산을 요청했다. 한꺼번에 수십 개나 팔면 보릿고개를 넘길 쌀을 받을 수 있을까 계산하며 기뻐했는데 그들이 지불한 것은 쌀이 아니었다.

날이 저문 어느 날, 이상한 목소리가 들려왔다. 아버지는 위험을 감지한 산짐승처럼 동공이 크게 확장된 눈으로 연화를 바라보았다. 자신의 원진을 딸에게 안긴 아버지는 사람들의 목소리가 들려오는 반대편을 가리키며 멀리 뛰어가라고 외쳤다.

연화는 차마 멀리 가진 못하고 건너편 바위에 몸을 숨긴 채 산을 올라 온 사람들을 바라봤다.

아버지가 건넨 농기구를 챙긴 사람들은 이상한 머리 모양을 하고 이상한 옷을 입고 있었다. 그들이 집 안팎을 수색하나 싶더니 신호처럼 한 마디 외쳤다.

"무시케라, 붓츠부세!"

무슨 말이지? 신호를 외친 직후 그들은 길고 날카로운 칼로 아버지를 베었다.

"아버…!"

아버지를 부르며 뛰어나가려던 연화를 붙잡은 건 갑이였다. 그들은 아버지의 시신을 화로에 구겨 넣었다. 초가

집에 불을 붙이고 화로를 무너뜨렸다. 허름하고 낡았던 연화네 집은 순식간에 불길에 먹히고 말았다. 한 번도 본 적 없던 불이 타올랐다. 소박했던 부녀의 삶을 검고 잔혹한 불꽃이 게걸스럽게 집어삼켰다. 볼일이 끝났다는 듯 사람들은 아버지의 농기구만 챙겨 떠났다. 타오르는 불을 사그라트릴 방법이 없었다.

아버지가 홀로 고립된 이유, 실력이 있어도 어딘가에 속하지 않은 이유, 선조들의 옛 영광을 자부했던 이유, 연화 아버지 나름의 이유가 있었다. 산속 터전에는 아버지의 역사가 차곡차곡 쌓여 있었다. 연화는 아버지의 자부심과 함께 살아왔다. 그리고 타인이 아버지의 목숨을 함부로 사그라트릴 이유는 어디에도 없었다.

연화는 검은 불을 망연히 바라보며 사람들의 말을 몇 번이고 되뇌었다.

"무시케라, 붓츠부세. 무시케라, 붓츠부세…"

어둠이 검붉은 불을 압도할 때까지 연화는 반복해 중얼거렸다. 그 말이 무슨 뜻인지 알아낼 때까지 잊지 않으려 머릿속에 각인했다.

궁핍했던 삶을 모두 불사른 후에야 무심한 비가 내렸다. 터전을 깡그리 집어삼킨 뒤 하늘이 흘리는 눈물일지도 몰랐다. 검은 연기를 내뿜는 잿더미를 연화는 아버지의 유골처럼 쓰다듬었다.

"붓츠부세. 붓츠부세. 붓츠부세…."

산속 생명들도 기척을 지웠다. 달빛도 없는 어둠 속에 갑이의 푸른 불이 부유했다. 갑이의 불이 보이니 진짜 무덤 같았다. 연화는 아버지의 유품이 된 원진을 끌어안고 갑이에게 말했다.

"산에서 내려가련다."

말없이 갑이가 따라왔다. 아침 여명이 밝아오자 연화는 그에게 아버지의 원진을 내밀었다. 날이 밝으면 갑이가 동굴 대신 그 안에 머물 수 있을 듯했다. 희미하게 푸른 불이 담긴 원진을 초롱처럼 들고 연화는 그날 한성으로 내려왔다.

그즈음 한성에는 상투를 자르고 서양식 머리를 하라는 단발령이 내려졌다. 사람들은 부모에게 받은 신체를 훼손할 수 없다고 반발했지만 연화는 고민하지 않았다. 아버지도 이해하리라 믿었다. 전통을 지키느냐 신문물을 수용하느냐의 문제보다 연화에겐 더 중요한 문제가 있었다. 홀로 살아남는 일이었다.

"저게 무슨 꼴이냐!"

머리를 자르고 남자 옷을 입고 거리를 걷자 사람들이 연화에게 손가락질했다. 계집이 추해 보이는 사내가 되었다는 말을 들으리라 생각했는데 천만다행이었다. 용납할 수 없는 남자라는 범주에 들어서니 마음 편했다. 용납할 수 없는 여자로 불리는 것보다 훨씬 자유로웠다. 사람들이 손가락질할 때마다 기뻤다.

한성에서 연화는 수레를 끌기 시작했다. 낡고 뻑뻑한 짐수레에 꽤 무거운 짐을 얹고도 쌩쌩 언덕을 올랐다. 간혹 인천까지도 가뿐하게 장거리를 내달렸다. 1897년, 도로 정비 사업으로 한성의 길은 몰라보게 바뀌고 있었다.

동네마다 방이 붙었다.

지금 사대문을 통하여 다니는 큰길은 정부에서 수리하거니와 각 동리의 거리와 작은 골목길은 그 동리에서 수리하되 길과 문 앞을 편리하고 정결하게 하기 위하여 내부 훈령을 받들어 방을 붙이니 인민들은 다 알고 준행하여 어김이 없게 하라.[2]

연화가 내달리기에 아주 좋은 길이었다.

사람들 사이에 금세 입소문이 퍼졌다. 몸집이 작고 머리를 민 불효한 녀석, 이상한 차림을 한 근본 없는 녀석이 번개처럼 한양을 누빈다고. 주체할 수 없는 속도로 폭주한다고. 수레 바닥에 아버지의 원진이 붙어 있고 끓는 주전자 증기처럼 원진이 뜨거운 열을 세차게 뿜는 것은 사람들이 알지 못했다. 원진 속에서 갑이가 뜨거운 열과 증기를 뿜으며 추진을 보조하고 있다는 사실도 아무도 몰랐다. 갑이의 불이 동력이었다. 번개 방귀, 폭주마 같은 별

명으로 불리며 연화는 한성을 누볐다. 사람들이 기이하게 볼수록, 괴상하고 천하게 볼수록 걸음에 힘이 붙었다.

"붓츠부세. 붓츠부세. 붓츠부세…."

연화는 달릴 때마다 되뇌었다. 뜻을 알 수 없는 그 말을 엿 굴리듯 입안에서 음미했다. 그건 복수의 맛이 나는 말이었다. 피 냄새가 풍기는 단어였다.

그즈음 한성엔 조선으로 건너온 일본인이 늘기 시작했다. 그들은 아버지를 살해한 사람들과 똑같은 차림을 하고 있었다. 청일전쟁 후, 아시아의 패권이 바뀌고 있었다. 전쟁에서 승리한 일본은 제국의 이름으로 대륙에 전쟁의 씨앗을 뿌리기 시작했다. 전쟁으로 벌어들인 돈 대부분은 다음 전쟁을 위한 군비 확장에 재투자되었다.

일본이 대대적으로 농민군 토벌 작전을 수행한 이후 1만여 명의 일본군 수비대가 조선에 배치되었다. 일본군에 의해 대다수 농민군은 궤멸되었고 패잔 농민군에 대한 잔혹한 살상이 이어졌다는 소문도 돌았다. 연화는 아버지가 생전 군 소속 야장들과 교류가 있었던 시절을 떠올렸다. 연화가 아버지의 원진을 밖으로 내보이거나 자랑하는 일은 결코 없었다.

제작 속도가 더디다는 평계로 실력 있는 마을 대장장이들까지 점점 사라지는 것을 연화는 똑똑히 보았다. 농기구를 파는 사람들은 일본인으로 대체되었다. 조선의 아버지들이 자신들의 작은 역사 밖으로 밀려나는 순간이었다.

3

갑이가 적재된 아버지의 원진과 내달린 지 1년 만에 연화는 인력거 사업을 벌인 하나야마라는 일본인에게 불려갔다. 그는 일본에서 개발했다는 인력거 열 대를 조선에 가지고 와 한성에서 운행을 시작했다. 연화는 그의 인력거가 보관된 창고 안에 위치한 또 다른 창고를 거처 삼았다. 그는 연화에게 일본어를 가르쳤다. 인력거를 이용할 일본 고객을 상대로 해야 했기에 인사말을 비롯해 목적지를 묻고 돈을 받는 등 업무에 필요한 말을 반복했다. 문장을 소리로 듣고 음절로만 외웠다. '무시케라'나 '봇츠부세' 같은 말은 없었다. 아버지의 미래까지 앗아간 사람들이 아버지를 손님처럼 대하진 않았단 건 분명했다.

연화는 주로 기녀들의 출퇴근을 담당했다. 일을 시작한 지 얼마 지나지 않아 몸집이 아담하고 눈빛이 날카로운 기녀가 연화를 불렀다. 다른 인력거꾼들이 아쉬워하는 소리를 냈다. 연화는 진홍이라는 기녀의 전속 인력거꾼이 되었다.

길은 험하지 않았고 진홍의 체구도 아담해 갑이가 그리 힘을 쓰지 않아도 좋았다. 진홍이 연화에게 말을 걸 때면 가끔 갑이가 짓궂게 급발진을 하곤 했다. 연화는 묵묵히 새벽길을 달렸다. 진홍의 퇴근이 늦은 날엔 기방의 담에 기대어 진홍을 줄곧 기다렸다. 담 너머에서 떠들썩한 웃음소리가 건너왔다. 웃음 속에 진홍은 없는 것 같았다. 기방을 나서는 진홍은 매번 담 안쪽 소리로부터 도망치는 것 같은 표정을 보였기 때문이다.

"바람 좀 쐬고 가자."

종종 진홍은 바로 귀가하지 않고 나루터에 들르자고 했다. 인력거를 길가에 세웠다. 진홍은 한참 달을 올려다

보거나 한숨을 쉬곤 했다. 누군가의 어깨에 기대어 함께 올려다볼 달을 찾고 있는 걸까. 연화는 산책의 끝을 기다리다 달빛 아래에서 졸았다.

진홍은 여염집 여자들과 달라 보였다. 표정이 달랐고 걸음걸이가 달랐다. 인력거꾼들을 대하는 태도도 달랐다. 내키는 대로, 마음 가는 대로 마음을 드러냈다. 갑자기 노래를 부르기도 했고 아무 데서나 소리를 치기도 했다. 그러다 집으로 돌아가는 길엔 외로운 얼굴이 되었다.

어느 날, 한참 졸다 눈을 뜨니 진홍이 코앞에서 연화의 얼굴을 가만히 들여다보고 있었다.

"너는 왜 내게 눈길을 주지 않니?"

진홍의 말이 무슨 소린가 싶었다.

'나는 네가 기방에서 나오는 걸 눈이 빠지도록 기다렸는데? 줄곧 너만 찾았는데?'

딱히 답할 말을 찾지 못해 연화는 눈만 깜빡였다.

남의 눈 깊은 곳을 가까이서 본 건 그때가 처음이었다. 진홍의 안광이 자신과 달라 보이지 않았다. 겉차림 속에

갇혀 있는 처지라는 생각에 애틋한 마음마저 들었다. 애처로워 보인 것만은 아니었다. 정해진 곳만 오가는 진홍이었지만 어디든 갈 수 있을 먼 곳을 꿈꾸는 표정, 자신 안의 불을 갈구하는 인생….

'너도 나랑 똑같구나.'

연화는 우물물에 비친 자신을 바라보듯 진홍을 바라봤다. 진홍이 혼잣말처럼 말했다.

"멀리 떠나면 좋겠다. 떠나고 싶을 때 떠날 수 있으면 좋겠어."

우물에서 벗어나는 법도, 자기 안의 불을 지피는 법도 연화는 깨치지 못했다. 우물 속에 머물면서 불을 꺼트리지 않는 법도 몰랐다. 타인의 불을 어찌해야 할지는 더욱 몰랐다. 진홍도 매한가지인 것 같았다. 속에서 날뛰는 불을 잠재우려 하염없이 달을 올려다보는 일밖에 몰랐다.

대한제국 광무 3년 봄, 서대문에서 청량리까지 노면전차가 개통했다는 이야기가 들렸다. 고종의 지시로 콜브란

이라는 미국 자본이 서울에 전차를 건설하고 운행을 개시했다.[3] 소문을 들은 연화는 일찍 일어나 종로로 나갔다. 높으신 귀족, 고관, 사신 분들을 태웠다는 집채만 한 쇠수레가 나타났다. 말馬 없이 선로 위를 달리는 마차였다. 구경하러 나온 사람들로 거리가 북적였다. 연화도 사람들 사이에 서서 전차를 지켜봤다.

경복궁 담을 넘어 뿜어져 나온 열과 빛을 지켜봤던 시절과 비슷한 마음이 싹텄다. 거대한 수레가 불을 품은 것 같았다. 전차가 사람들을 싣고 우아하게 미끄러졌다.

"와…!"

연화에게도 미끄러지기 위해 언덕을 오르던 시절이 있었다. 아버지가 만들어준 번개가 생각났다. 아버지가 자신의 속도로 쇠를 두드려 저 전차라는 걸 만들었다면 얼마만큼의 시간이 걸렸을까. 연화는 곰곰이 생각했다.

"또 홀렸구먼."

매일 종로를 어슬렁거리다 돌아오는 연화를 보고 갑이가 혀를 찼다.

"이번엔 쇳덩어리를 상대로 씨름을 해볼 작정이냐?"

연화는 갑이의 말에 피식 웃었다. 전차가 너처럼 짓궂은 녀석이란 말이냐?

"진홍이란 기녀가 널 좋아하는 것 같은데, 그러지 말고 걔 서방이 되어 아궁이 불이나 지피며 살면 어떠냐?"

"인간이 되고 싶다더니, 고작 기둥서방 같은 인간이 되고 싶었구나? 자기 식솔을 지키지도 못하는 인간 따위를 부러워할 줄은 미처 몰랐군."

연화는 갑이에게 혀를 찼다.

도시에 온 뒤 갑이는 도통 빛을 발하지 못했다. 얼마 전엔 한밤중에 도깨비불을 피웠다가 큰 소동을 일으켰다. 묘지에나 나타나는 도깨비불이 보인다며 가까운 곳에 시체가 있다고 한바탕 난리가 났다. 취객에게 씨름을 하자고 말을 걸었다가 비웃음을 당하기도 했다. 아무리 농을 걸어도 사람들이 웃지 않았다. 도깨비라고 정체를 밝혀도 아무도 믿지 않았다.

연화는 갑이에게 신경 쓸 겨를이 없었다. 전차를 보고

돌아온 후, 아버지가 만들어준 번개를 재현해보고 싶단 생각으로 머릿속이 꽉 찼다. 연화는 매일 전차에 올랐다. 하등 칸에 탑승하는 데에도 1전 5푼이나 요금이 들었다. 인력거를 이용하는 사람은 한성 안에서 손꼽았지만 인력 거꾼의 삶까지 귀해지진 않았다. 며칠 일해야 간신히 모을 수 있는 돈이었다. 전차 값을 벌기 위해 미친 듯 일했다.

운행을 시작하고 얼마 되지 않아 어린아이가 철로를 건너다 치여 죽는 사고가 발생했다. 분노한 시민들이 전차를 불태우며 격렬하게 항의했다. 사고가 잠잠해진 뒤 운행이 재개됐다. 사람들도 점차 전차에 익숙해졌다.

연화처럼 하릴없이 매일 전차에 오르는 사람도 많았다. 전차에 오르면 언제나 가슴이 뛰었다. 번개를 타고 언덕을 내려오던 시절 같았다. 그런 시절이 연화에게는 이미 있었다. 낙하하듯 미끄러지는 감각이 너무도 시원했다. 주위 풍경이 한 번도 본 적 없는 형태로 변해 획획 지나가면 상쾌했다. 전차 위에선 무엇이든 빠르게 흘렀다. 빠른 속도 위에 올라 지켜보면 홀로 버티고 있는 이 도시의 풍경도 언젠간 스쳐 지나갈 거란 생각이 들곤 했다. 바람을 맞으며 연화는 위로받았다.

연화는 1년 정도 시간을 들여 아버지가 제작했던 번개를 재현했다. 선로 폭에 맞춰 바닥 크기를 정했고 선로 위에서 달릴 수레바퀴를 네 개 달았다. 번개 바닥에 원진을 달았다. 한성을 누빌 새로운 번개가 탄생한 순간이었다.

갑이는 연화에게 호언장담했다. 호랑이가 될 수 있을진 모르겠지만, 말 달리듯 달리게 해주겠다고 했다. 연화는 갑이 덕에 달릴 수 있었다. 인간이라 호명될 구역 안에선 자리가 없다고 생각했는데 인간 호랑이가 된 기분이었다.

갑이가 담긴 원진에서 뜨거운 증기가 뿜어 나왔다. 선로를 따라 번개가 부드럽게 미끄러졌다. 원진 속에서 갑이의 불이 줄기차게 타오르고 있었다.

4

선로는 미끄러지기 위해 존재했다. 전차만을 위한 길이라고 생각하는 이들도 있었지만 사람들이 다니던 곳에 놓였으니 모두의 새길이었다.

서대문 앞에서 어린 소녀가 연화의 번개를 세우며 손을 들었다.

"나도 탈래요!"

연화는 아이를 태우고 손잡이를 꽉 잡게 한 뒤 천천히 달렸다. 아이는 전혀 무서워하지 않았고 즐거워했다. 연화는 아이의 어깨를 꽉 잡고 마음속으로 소원했다. 그래, 세상이 변했으니까. 여자들도 달릴 수 있지. 가속할 수 있고 과속할 수도 있어. 내가 언덕을 미끄러졌던 것보다 더 내달리렴. 위태로운 고비가 오면 더욱 솟구치렴.

공짜라는 소문이 퍼지는 바람에 점점 사람들이 번개 주위에 모여들었다. 종로에 나가면 어느샌가 연화 앞에 줄이 늘어서기 시작했다. 아직 전차가 달리지 않는 미개통 구간 선로가 연화의 은밀한 실험장이 되었다.

번개를 좀 더 크고 단단하게 만들고 싶었다. 모두를 태우려면 전차를 움직일 정도의 동력도 필요했다. 원진을 크게 키우거나 새로운 전차를 만들어야 할 지경이었다. 뭘로 움직이게 할 수 있을까? 연화는 고심 끝에 방법을 하나 떠올렸다. 운행 중인 전차의 꽁무니에 번개를 연결하는 방법이었다. 어차피 움직이고 있는 전차였다.

까짓것, 해보자 싶은 마음으로 정차한 전차 끝에 동아줄을 걸었다. 사람들이 번개 위에 올라섰다. 전차가 움직이자 모두가 함께 미끄러졌다. 비싼 전찻삯을 내지 못했던 사람들이 연화의 번개 위에서 전차의 속도를 체험했다.

"와!"

얼굴에 닿는 새로운 바람을 모두가 느끼고 있었다.

첫 번째 시도에 끝장이 나고 말았다. 전차 꽁무니에 사람들이 붙어 따라오는 걸 보고 전차가 급정거했다. 그 자리에서 번개는 박살이 나고 말았다. 번개에 올라탔던 사람들이 와르르 쓰러졌고 전차 운전수가 연화의 먹살을 붙잡았다.

갑이가 들어 있는 원진만 간신히 챙긴 뒤, 연화는 그 길로 한성전기회사로 끌려갔다.

으리으리한 건물을 보자마자 기가 죽었다. 음침한 곳으로 끌려가 매질 당할 일을 상상하자 덜컥 겁이 났다. 매질 당하다 계집이란 게 밝혀질 게 더 걱정됐다.

건물 안으로 들어가자 누군가 연화에게 말을 걸었다.

"이름이 무엇이냐?"

"연…, 입니다."

"네가 바로 한성 폭주마로구나."

거리를 지나다 본 적이 있다며 그가 연화를 보며 웃었

다. 그러더니 대뜸 운전수 보조로 일을 배워보겠냐고 제안했다. 그가 한성판윤(시장)을 역임한 조선인 사장이라는 것을 연화는 나중에야 알았다.

사장의 지시였지만 그곳 사람들은 연화를 탐탁지 않게 여겼다. 일본 교토전철사에서 왔다는 운전수 가와타로와 조수 기시무라가 귀찮다는 속내가 철철 흐르는 표정으로 연화를 대했다. 딱히 임금을 받은 것도 아니라 연화는 밤에는 졸면서 인력거를 끌고 낮에 회사에 머물렀다.

기시무라에게 일본어부터 배웠다. 이번에는 음절이 아니라 히라가나, 가타카나와 문법을 배웠다. 기시무라는 노골적으로 연화를 무식하다고 멸시했다.

기시무라는 전차를 움직이게 하기 위해선 일본어를 익히는 것이 기본이라고 말했다.

"조선말로는 영원히 해독할 수 없지."

그는 연화에게 유난히 고압적인 태도를 보였다. 애초에 국문으로 쓰여 있었다면 기술 습득에 필요한 건 조선말이었을 텐데? 연화는 반발심이 생겼다.

연화는 자신이 기시무라에게 조선어를 가르쳐주겠다고 했지만 기시무라는 귀찮다며 손을 내저었다. 조선에서 살고 있지 않냐고 물었지만 기시무라는 콧방귀를 뀌었다.

가업이었던 농사를 접고 새로운 산업이라는 공장 노동에 뛰어들었지만 일본에서 기시무라와 같은 인력은 농업 종사자보다 임금이 형편없이 낮았다. 자국의 극단적인 양극화 속에서 도저히 자리 잡을 수 없었던 사람들이 밀려나듯 조선과 만주 등지로 건너갔다. 이들은 빠르게 돈을 벌어 고향으로 돌아갈 생각뿐이었다. 조선인들에게 기술을 전수하라는 사장의 지시도, 조선어를 배우라며 충고하는 연화도 기시무라는 마음에 들지 않았다. 그는 한성전기회사가 곧 일본 회사가 되리라는 소문을 듣고 있었다. 제 운명도 알지 못하고 설치는 조선인들을 기시무라는 용납할 수 없었다.

자신들의 지시를 수행하도록, 즉 자신들의 필요 때문에 일본어를 가르친 것 외에 회사가 연화에게 가르쳐준 기술은 없었다. 윗선의 지시로 들이긴 했지만 연화는 짐짝처럼 창고에 방치된 것에 가까웠다. 다만 그곳에 머문 바람에 연화는 가까이에서 전차와 전등, 전화, 기차 등과 같은 신식 장치들을 보았다. 가로등 사업 계획과 발전소, 전화, 석탄으로 움직이는 동력 장치와 증기 기관차를 처음 봤을 땐 감탄했다. 그때마다 아버지가 그리워졌다. 아버지가 설계한 원진, 갑이와 함께 만든 원진을 저만큼 크게 키웠다면 어땠을까. 훨씬 더 강렬할 것 같았다.

한성전기회사에서 곁눈질로 보고 들은 것을 기초로 연화는 자신만의 장치를 도면에 그려보기 시작했다. 갑이의 불은 비밀스러운 열원이었다. 갑이의 정체를 밝히진 않았지만 설계의 기본은 도깨비불이었다.

그즈음 연화는 창고 안에서 굴러다니는 부품들을 활용해 이것저것 제작해보았다. 동력 달린 수레와 마차, 태엽으로 움직이는 장난감 목마나 농기구, 자동 펼침 천막, 태엽 사공이 달린 소형 배, 날개 달린 도론道淪 등을 설계했다.

기시무라는 연화의 도면을 보고 비웃었다. 연화의 일본

어 실력은 기시무라의 반어법을 이해할 수준이 되었다.

"이게 현실이 되려면 집채만 한, 아니 산만 한 화통이 있어야 한다. 탄광만 한 화덕도 있어야 할걸? 화통이랑 화덕 때문에 네 배는 출발하기도 전에 가라앉겠군."

전기나 석탄 대신 꺼지지 않는 불이 타오르는 소형 장치, 연화의 원진을 보고 그는 그저 망상 같은 발상이라고 말했다.

"그런다고 벼룩의 숨이 하늘에 닿을 것 같으냐?"

연화와 기시무라의 시선이 날카롭게 부딪혔다. 기시무라가 혀를 차면서 도면을 몇 개 들고 갔다. 그가 구상을 훔쳐 가는 것을 연화는 묵인했다. 그의 발상 안에서 연화의 설계를 재현하려면 그에게는 수백 년 수천 년이 걸릴 거였다. 하지만 연화에게는 갑이의 불이 있었다.

연화는 아버지의 원진을 변형해 더 작은 크기의 엔진(円進)을 만들었다. 일본인들이 표현한 대로라면 갑이의 불은 집채나 산만 한 힘을 가진 게 분명했다. 엔진 속에서 갑이의 불은 물을 끓인 게 아니었다. 아버지가 만들었던 정

52

제 쇳물을 끊임없이 펄펄 끓이고 있었다. 물이나 석탄처럼 쉽게 증발하거나 소모되지 않았다. 무한 동력에 가까웠다.

하지만 아무도 갑이의 불에, 엔진이 가진 힘에 관심을 보이지 않았다. 갑이가 연화를 위로했다.

"도깨비불이 시신의 뼈 성분일 뿐이라고 말하는 인간들이 있었지. 나랑 씨름한 놈도 그렇게 말하더군. 날 이겨보겠다고 밤새 끙끙대고선 말이야."

연화는 그의 푸른 불꽃을 바라봤다. 이전보다 눈에 띄게 희미해지고 있었다.

그즈음 갑이는 인간 세상에 섞여 살아갈 방법을 찾지 못해 무력했다. 갑갑한 마음을 유일하게 폭발시키는 건 연화의 엔진 안에서 불을 뿜는 순간이었지만 그나마 날이 갈수록 쇠약해졌다.

도깨비와 달리 인간들은 점점 뜨거워졌다. 한성은 근대화의 실험장이었다. 바다 건너 기술이 가장 먼저 한성으로 유입됐다. 사람들의 호기심이 왕성했다. 이전과 다른 변화는 두려움과 동시에 설렘을 주었다. 변화를 통해 삶이 더 나아질 거란 확신만 있다면 한성 사람들은 작은 두려움 따위 금방 물리칠 힘이 있었다. 그 어떤 새로운 불이라도 거침없이 제 것으로 삼킬 각오가 되어 있었다.[4]

수년이 지나자 연화의 일본어는 숨겨진 속내까지 알아들을 수준이 되었다. 가와타로나 기시무라가 몰래 하는 말을 들으며 연화는 그들이 두려움을 느끼고 있다는 걸 알았다.

"한성 인간들은 죄다 화통이라도 삶아 먹은 것 같아. 꼬맹이들도 전부 다 촛불 정도의 작은 불을 삼키고 있지. 이 불이 다 모였을 때 어떤 폭발을 일으킬지 무서울 정도야."

"조선의 근대화는 우리에게도 필요해. 단, 너무 근대화되는 건 곤란하지."

"자기들이 가진 불이 별거 아니라고, 불장난 정도라고 생각하게 해야지. 불이 화禍가 될 거라고 말해주는 거지.

딱 우리에게 고맙다고 말할 만큼만 일깨워주면 돼."

일본인들이 가진 자부심의 정체는 조금 짐작하기도 했지만 조선인을 멸시하는 마음의 정체를 연화는 도통 알 수 없었다.

어느 날, 두 사람의 대화 속에서 눈이 확 뜨이는 표현을 들었다.

"붓츠부세!"

일을 제대로 해치우자는 이야기를 하면서 이 표현을 썼다. 상대를 제압하는 일, 나쁜 놈을 처단하는 일을 할 때 기합을 넣으며 외쳤다. 그들에게 아버지가 나쁜 놈일 리는 없었다. 연화는 조선말로 바꿔 이 표현을 반복해 읊조렸다.

해치워라, 해치워라, 해치워라…!

기시무라는 속속 일본에서 건너오는 사람들 앞에서 조선인들을 다루는 방법이라며 큰 소리로 떠들기를 좋아했다.

"이자들은 아주 영악하다. 일하기 싫어하고 목소리가

크고 남 탓하기를 아주 좋아한다. 신분제에 익숙하고 나이를 따지니 다루기는 쉬운 편이다."

기시무라가 곁을 지나가던 연화를 가리키며 큰 소리로 비웃었다.

"도둑질도 뻔뻔하게 잘하니 조심해야 한다."

누가 누구에게 도둑이라니? 연화는 콧대가 높아지고 있는 기시무라의 기세를 꺾을 기회를 노렸다. 기시무라가 연화의 설계도 이외에도 사내 물품이나 동료의 물품을 횡령하고 있는 것을 연화는 알았다. 그 외에도 기시무라는 한성의 나전칠기나 목공, 단금, 보석, 금속공예, 장신구 등을 싸게 사들여 빼돌리고 있었다. 연화는 사장에게 이를 보고했다.

어느 날 기시무라가 분을 못 이긴 채 다가와 연화의 멱살을 잡았다. 연화는 빙긋 웃으면서 대꾸했다.

"지고지토쿠^{자업자득自業自得}."

기시무라가 연화를 바닥에 내동댕이치고는 연화의 작업 도구를 발로 찼다. 그러다 이내 어딘가 잘못 부딪쳤는지 성질만 내면서 나가버렸다. 연화는 이렇게 해결하는 게 현명한 방법이라고 생각했다. 그러나 나중에 화를 입게 되는 건 정작 연화 쪽이었다.

기시무라의 해고가 결정되었다. 그러나 기시무라의 해고보다 더 빨리 진행된 일이 있었다. 회사의 소유권이 일본으로 넘어간 일이었다. 한성전기회사는 경영권이 미국으로 넘어가고 있다는 여론에 휩싸였다. 곧이어 일본이 소유권을 고스란히 차지했다. 한성판윤 출신 사장은 해임되었다. 그리고 회사가 일본으로 완전히 넘어간 직후, 경술년 여름, 대한제국은 국권을 피탈 당했다. 한성 사람들의 불을 미리 진화시키겠다는 일본인들의 속셈대로였다.

한성전기회사는 일본의 국책 회사인 일한와사회사가 되었다. 기시무라는 해고되지 않았다. 해고 주체가 사라진 그는 의기양양하게 연화에게 찾아와 다시 웃어보라며 윽박질렀다. 그는 남은 도면을 모조리 가져가버렸다.

연화는 기이한 음해를 받았다. 연화의 도면과 엔진의 비밀 실험 때문에 조선 땅에 가뭄이 일어났다는 소문이었다. 고작 인력거꾼이 용이라도 된 건가 싶었다. 황당한 소문을 믿을 사람이 있을까 싶었는데, 흥분한 사람들이 회사로 몰려왔다.

철도 부설권이 넘어가면서 조선인들이 토지를 뺏기고 노동력을 강제 징발당하기 시작하던 즈음이었다. 일본인들은 경술국치에 비통해한 사람들의 성난 민심을 애먼 곳으로 돌렸다. 연화는 졸지에 분노한 이들이 화를 터트릴 과녁이 되었다.

회사 앞으로 찾아와 항의하는 사람들에게 기시무라는 연화를 내던졌다. 나라의 운명을 좌우할 기운이 메말라 결국 나라를 뺏겼다고 흥분한 몇몇 사람들 앞에서 옷이 찢기며 몸이 드러났다. 연화는 찢어진 앞섶을 손으로 가렸다.

"아니, 계집이었어?"

"여자가 함부로 불을 만지더니 세상을 홀랑 태워 먹었

군!"

"일본 앞잡이가 되어 회사도 나라도 팔아먹었어!"

조선인들이 엉켜 혼란스러운 와중에 기시무라가 모여 있는 사람을 향해 말하는 걸 연화는 똑똑히 들었다.

"무시케라도모虫けら共."

벌레들을 '무시'라고 부른다는 걸 안 뒤였다. 벌레만도 못한 잡놈들이라는 뜻이라는 걸 짐작할 수 있었다. 아버지가 이 이름으로 불린 뒤 죽임을 당한 것을 그 자리에서 알았다.

"붓츠부세ぶっ潰せ, 해치워라!"

그제야 연화는 두 개의 말뜻을 이해했다. 그저 벌레를 손톱 끝으로 눌러 죽이듯 죽이라는 말이었다. 그 말을 곱씹을 때마다 피 맛이 나는 이유도 알 수 있었다.

연화는 그 후 인력거 회사에서도 쫓겨났다. 사람들의 관심 밖에서 평온했는데, 무심한 사람들의 관심을 받자 홀로 사는 일도 힘들어지고 말았다. 감히 여자 혼자 살아보겠다고, 보호받지 않겠다고, 기세등등하게 살겠다고 각

오한 게 드러났다. 그 바람에 얻어맞은 것 같았다. 사랑받으며 행복하게 살고 싶다고 감히 꿈꾸지 않았다. 경멸과 혐오의 대상이 되어 규탄당하는 일은 더욱 상상해본 적도 없었다. 나라를 팔아먹은 자들의 죗값까지 치르게 될 줄 연화는 까맣게 몰랐다.

연화는 이후로도 종종 기시무라의 말을 떠올렸다.

"자기들이 가진 불이 별거 아니라고, 불장난 정도라고 생각하게 해야지. 불이 화禍가 될 거라고 말해주는 거지. 딱 우리에게 고맙다고 말할 만큼만 일깨워주면 돼."

그때마다 연화는 타올랐다. 별거 아니란 말을 들을수록 뜨거워졌다. 연화가 뜨거워지는 것을 두려워하는 자들이 있었다.

자기 안의 불을 함부로 식히지 않을 작정이었다. 진짜로 온 세상이 흉흉해지도록 마음속 불을 지피고 싶었다.

5

주권을 침탈당한 후 10여 년의 시간이 흘렀다. 연화는 큰 장터에서 독립운동이 벌어졌다는 소문을 뒤늦게 들었다.

타오르지 못하는 엔진 속에 머물던 갑이도 어느 날 말없이 연화를 떠났다. 연화는 홀로 밭을 일구며 조용히 살았다. 줄곧 숨어 지내며 외진 곳에만 머물렀다. 호랑이보다 말보다 빠르게 달리며 속도를 느끼던 삶이었는데 갑자기 멈추고 보니 방향마저 잃어버린 느낌이었다. 느린 속도 속에 머물렀다. 스스로 고립시키며 살아온 아버지를 이해할 수 있을 정도가 되었다. 그즈음에도 연화는 용납할 수 없는 남자라는 범주에 속해 있었다. 어디에도 물들지 않은 채 색깔을 뺐다. 전형적인 욕망 따위 추구하지 않았다. 외로웠지만 마음 편했다. 특정한 조건을 획득하기 위해 자신을 녹이거나 버리거나 일그러트리지 않아도 좋았다. 눈이 돌아가도록 몰아치는 세상의 변화 속에서 꾸준하게 변치 않는 미련한 존재가 되었다. 그건 게으르거나 어리석은 것과는 다른 일이었다. 연화는 그렇게 생각했다.

연화는 그 직후 본격적으로 농사일을 시작했다. 총독부가 보조금을 주고 종자를 우량화하고 종묘장 시설을 쇄신한 즈음이었다. 동력은 제한적이었지만 쟁기, 따비, 괭이, 삽, 가래 등에 동력을 붙인 농기계를 만들어 사용했다.

그리고 전에 못 보던 일본식 장치들이 나타났다. 철도가 놓이고 자동차들이 달리며 풍경이 변해가던 시절이었다. 기중기나 굴착기가 한두 사람이 할 수 없는 일을 가뿐히 수행한다 싶더니, 사람 없이도 기계들이 움직였다. 거리를 청소하는 장비나 지게차 등이 증기를 뿜으며 홀로 움직였다. 기시무라가 연화에게 불가능할 거라고 말했던 거대한 동력을 일본인들이 찾아낸 건지도 몰랐다.

그런 기계들에 비하면 소박했지만 연화도 단순 작업을 반복하는 자동 농기계들을 만들었다. 타작기나 방아, 절구, 베틀, 짚신 짜는 기구처럼 반복적인 일들을 수행하며 일상을 돕는 기계들을 제작했다. 땀 흘린 사람이 배부르게 먹는 날이 오길, 연화는 땅을 일구며 씨앗과 함께 기대를 싹틔웠다. 이제는 경성이라 불리는 도시의 밤을 가로 등이 밝히고 있었다.

산미증식계획은 계획만큼 생산량을 끌어올리지도 못했고 그나마 적은 생산분은 고스란히 일본으로 건너갔다. 국내에서는 식량이 부족해 만주 잡곡을 얻어먹으면 다행이었다. 경인선 증기 기관차가 달리는 새로운 시대가 왔는데도 죽도록 일해 봐야 밥 한 끼 제대로 못 먹는 인간으로 살고 있었다.

그즈음, 이상한 사람들이 거리를 활보하기 시작했다. 깡통으로 된 몸을 가진 사람들이었다. 걸을 때마다 찌그럭 대며 태엽 감는 소리가 났고 몸에서 뜨거운 증기가 뿜어 져 나왔다.

"저게 뭣이야?"

사람들이 수군댔다.

"인조노동자라고 하더군."[5]

조선인 중에도 깡통 장치로 몸을 바꾼 사람들이 늘고 있다는 소문이 들려왔다. 낯설어 보이는 몸이 문제는 아니었다. 전등도 전차도 증기 기관차도 순식간에 일상이 되었다. 문제는 이들이 민가에 들이닥쳐 집기며 대야며 농기구, 심지어 놋그릇과 요강까지 가져갔다는 거였다. 저항하는 사람들에겐 뜨거운 쇠주먹이 날아갔다. 맨손으로는 도저히 상대할 수 없는 상대였다. 일본 땅에서 터전을 잃은 사람들이 깡통 기계로 몸을 바꾸고 조선으로 건너왔다고 사람들이 수군댔다.

장에 나갔다가 연화는 깡통들이 일본어로 말하는 것을 들었다.

"어쩌다 오게 되었나?"

"우리 가족들이 내지에서 배곯고 기다리고 있으니 먹여 살려야지. 별 수 있나. 어디든 가야지."

"기다리는 가족도 있다니 부럽군. 나는 마지막 갓파[6]거든. 아니, 깡통이 된 최초의 갓파랄까."

"요괴와 오니鬼가 깡통이 되는 세상이구먼."

그들의 대화를 들을수록 불안한 마음이 들었다. 아니나 다를까, 어느 날, 온몸이 깡통으로 된 태엽 기계clock work가 길에서 연화를 불렀다.

"연화야."

"누구냐?"

"나랑 씨름 한 번 해볼 테냐?"

"이럴 수가⋯. 너, 갑이냐?"

갑이가 깡통 안에 들어갈 줄은 미처 몰랐다. 연신 뜨거운 연기를 뿜는 갑이의 몸에 연화는 손을 대어보았다. 펄펄 끓는 주전자처럼 뜨거웠다. 씨름을 할 수도, 끌어안을 수도 없었다.

"왜 그 안에 들어가 있냐? 그만 나와라."

"드디어 인간이 됐다."

그게 인간이냐? 네가 줄곧 어리석다고 비웃었던 인간 중에서도 가장 우스꽝스러운 모습 아니냐? 연화는 얼굴을 찡그렸다.

"어떻게 들어간 거냐?"

"우연히 만나 씨름하자고 했더니 흔쾌하게 속아준 일본인이 있었다. 나를 조선의 오니라고 부른 그분께서 내게 인간이 될 방법을 알려줬어. 일본의 오니들이 모두 인간이 되도록 도우신 분이지."

갑이는 신무기를 연구한다는 과학자 아사히비旭日를 만나 오키나와에 다녀왔다. 아사히비 연구소의 보조원 자격이었다. 갑이는 그곳에서 빨간 머리를 한 키누시를 만났다. 키누시는 자신이 오키나와에서 오래 살아온 나무의 정령이라고 말했다. 갑이와 키누시는 각자 조선말과 류큐말을 했지만 부처나 선인의 이심전심처럼 대화가 가능했다. 오히려 키누시와 일본인 과학자들 사이는 말이 통하지 않았다.

"당신은 일본의 도깨비요?"

갑이가 묻자 키누시가 정색했다. 도깨비냐는 질문보다 일본의 도깨비냐는 표현에 발끈한 것 같았다.

"나는 일본 정령이 아니다. 류큐[7]의 정령이지."

그는 연구소에 머물고 있는 다른 이들을 가리키며 말했다.

"저 이는 동북 지방의 정령이고, 저 이는 북방의 정령이지. 일본이란 나라 이전에 우리에겐 우리 땅이 있었다."

그곳에서 실험이 있었다. 갑이와 키누시는 전투용으로 개발된 인조노동자의 동력 장치 안에 들어갔다. 갑이의 강력한 불이 동력장치 안에서 지속적으로 유지되자 아사히비는 갑이를 칭찬했다. 갑이는 키누시보다 인정받았다. 실험실에 모여 있던 류큐의 키누시キジムナー와 동북의 자시키와라시座敷童, 북방의 카무이カムイ와 같은 토착 정령들보다 갑이는 강했다. 갑이는 아사히비에게 오니가시마鬼ヶ

島라는 이름을 받았다.

갑이는 비행기 조종사가 되고 싶다는 뜻을 밝혔다. 아사히비는 제 일처럼 기뻐했다. 갑이는 아사히비에게 신성한 작전에 참전할 사명을 부여받고 전투형 최신 몸체를 하사받았다.

연화는 갑이의 몸을 딱하게 바라봤다.

"이게 어떻게 인간이냐. 혼자 부유하며 살던 것보다, 아니 네가 비웃던 인간보다 더 얼빠진 것 아니냐?"

"태엽 장치는 세상을 바꿀 거다. 나 같은 혼백에게 몸을 준 게 일본이야. 대국의 국민과 동포가 된 것이 조선에는 큰 행운이다."

"헛소리!"

연화는 넋 나간 소리를 듣고 있을 수 없었다.

한성의 전차를 보고 깜짝 놀랐던 일본인들의 표정을 연화는 생생히 기억하고 있었다. 현실로 구현할 수 없다고 비웃으면서도 가와무라는 연화의 도면을 훔쳐 빼돌렸다. 모두 다 연화는 두 눈으로 똑똑히 봤다. 그런데 고작 태엽 깡통을 얻었다고 침략자를 주군으로 섬기겠다고?

"태엽 장치가 조금만 빨리 조선에 들어왔다면 너희 아버지의 아버지들도 배를 곯지 않았을 거다. 제대로 먹고 살아야 얼도 제대로 깃들 수 있는 거야. 첨단 기술이야말로 인간이 강철처럼 온전해질 수 있는 유일한 길이었다."

갑이가 처량해 보였다. 연화는 갑이를 바라보다 한마디 했다.

"이젠 같이 씨름도 못 하게 됐구나. 껍데기도 남지 않았다더니 겨우 껍데기만 되었어."

"나랑 같이 일하자. 내가 잘 말해줄게. 너도 기관사가 될 수 있어."

"아서라. 제 불을 버리고 제 발로 잿더미가 되겠다는 미친놈이랑은 같이 못 산다."

"근성이 있는 앤 줄 알았더니 너도 결국 겁쟁이였군! 그러니 조선이 발전을 못 하는 거다!"

연화는 갑이에게서 등을 돌렸다. 갑이도 화를 내며 떠났다. 조선의 마지막 도깨비는 사람들에게 잊힐 것을 두려워하다 정말로 잊힌 존재가 되었다.

연화는 묘지에 나란히 누워 그가 인간의 오랜 역사 이야기를 들려줬던 시절을 떠올렸다. 나보다는 현명한 녀석이라 믿었는데…. 어처구니없이 마지막 가족을 잃어버렸다. 연화는 안타까움보다는 그의 멍청함에 화가 났다.

오니가시마가 된 갑이는 기관사가 되었다. 고철 껍데기에 검댕을 뒤집어쓰며 행운이라 여기며 살고 있을 녀석을 상상할수록 연화는 원통했다.

그의 이름은 꽤 자주 들려왔다. 몇 년 후 그가 비행기 조종사가 되었다는 말도 들었다. 조선 사람 중 최초, 아니 조선 깡통 중 최초라고 했다.

산미증식계획이 실패하자 굶주리던 사람들이 화전민으로 전락했다. 연화는 강원도로 떠나 화전민으로 살기로 마음먹었다.[8] 가진 건 아무것도 없었다. 산을 태운 뒤 감자나 약초를 키운다면 혼자서 먹고살 정도는 자기 손으로 일굴 수 있을 거였다. 애써 땀 흘린 뒤에 누군가에게 홀랑 빼앗기는 비통함보다 지독한 외로움이 낫다고 연화는 생각했다. 산 위에서 사는 일만 외로운 일이라고 생각했는데 산 아래도 마찬가지였다.

깡통 태엽 장치들은 점점 늘어났다. 거리를 걸을 때마다 마주쳤다. 그 안에 들어 있는 게 시시해진 불이라 생각하니 연화는 복장이 터질 지경이었다.

저들은 갑이의 불까지 가져갔다. 영원히 타오를 불을 고작 깡통 안에 가두다니. 복수와 긍지라는 큰불이 연화에게 다시 타올랐다. 연화는 갑이가 떠난 자리를 지키고 싶었다. 아직도 산속에 도깨비불이 떠다니고 있다는 소문을 내고 싶었다.

강원도로 떠나기 전, 연화는 마지막으로 진홍이네 집 앞을 찾아갔다. 그 애의 마음속 불은 여전히 잘 타오르고 있는지 지켜보고 떠나고 싶었다. 인력거로 오가던 시절, 진홍의 방 창에서 들려오던 소리에 귀 기울이곤 했다. 한숨 섞인 낮은 노랫소리와 바스락거리며 책을 넘기는 소리, 소리죽여 우는 목소리, 자신과 다를 바 없는 목소리를 들으며 위로받았던 짧았던 시절이 그리웠다.

진홍은 아직도 노래할까? 아직도 멀리 떠나고 싶을까? 떠나고 싶다던 마음을 아스라이 추억하며 살고 있진 않을까? 마음속 불은 식지 않았을까? 아직도 달을 올려다볼까? 누군가의 어깨에 기대어 올려다볼 달은 찾았을까…?

저잣거리에서 사람들이 여자들을 욕하는 소리를 자주 듣곤 했다. 나혜석이라는 여성이 이혼고백장에 '정조는 도덕도 법률로 아무것도 아니요, 오직 취미다'라는 글을[9] 써서 경성이 발칵 뒤집혔다고 했다. 장터에서 사람들의 혀를 차는 소리를 들을 때마다, 거리에서 사람들이 신여성을 조롱할 때마다, 여자들을 난도질하는 말이 들릴 때마다 늘 진홍이 걱정됐다. 무절제하고 난잡하고 방탕한 년들, 서방도 자식도 상관하지 않는 게 주군을 팔아먹은 가신과 똑같다며 날카로운 경멸과 비난의 목소리가 높았다. 그러다 나라를 넘긴 놈들보다 더 죽일 년들이 됐다.

연화는 가끔 먼발치에서 진홍을 지켜보았다. 진홍만큼

이나 자유분방해 보이는 사람들과 함께 있었다. 그녀의 삶은 자신보다는 훨씬 신식이라고 생각했고 이 생각은 자연스럽게 진홍과 심적 거리를 두게 했다. 그녀가 자신과는 다르길 바랐다. 연화 자신은 여자로 불리는 일이라든가, 아버지나 남자 형제, 남편에게 보호받을 일 따위는 진즉 포기했으니 어찌 되든 상관없었다. 그렇지만 새로운 여자로 불리길 원했던 사람들은 고립되지 않길 바랐다.

진홍의 집 앞에서 그림자를 본 순간, 연화는 보았다. 세상을 경멸하다 정숙하지 않은 여자들을 본보기 삼으려는 놈팡이들이었다. 나라의 주권을 찾아올 힘은 없으니 여자들을 다스리는 좁쌀만 한 권력 따위나 휘두르겠다는 어둠이었다. 자기를 빛낼 불은 손톱만큼도 갖지 못해 결국 누군가를 태우는 걸로 자괴감을 드러내는 존재들이었다.

"사치 덩어리! 다른 여자들은 입에 풀칠도 못 하는 시절인데!"

살의를 쥔 주먹질과 발길질이 속수무책으로 진홍에게

쏟아지고 있었다.

"갈보[10] 같은 년이 얻어먹고 놀기만 좋아하다 세상 망친다!"

"전차 안에서 눈을 크게 뜨고 입을 벌리고 다리를 꼬더니! 네가 먼저 꾀지 않았느냐![11]"

진홍은 얼마 전 공개적으로 이혼식을 열고 잔치를 열었다. 잔치에 동네 사람들이 난입해 난장판이 되었다. 진홍이 '아이는 엄마의 살점을 떼어가는 악마'라고 규정한 나혜석의 「어머니 된 감상기」를 공개적으로 지지했다가 악의적인 소문이 난 직후였다. 자유연애를 주장하는 글을 잡지에 실었다가 뭇매를 맞기도 했다. 글을 공개했을 때 혼인 상태였다는 것이 나중에 알려지면서 지인 여성들에게도 지지받지 못했다. 진홍은 완전히 고립되었다. 부당한 폭행을 당할 때 곁에 아무도 없을 만큼 철저히 혼자였다.

연화는 돌부리를 쥐고 다가가 망설임 없이 그 놈팡이의 뒤통수를 내려쳤다.

"진홍아! 진홍아! 정신 차려라!"

연화는 축 늘어진 진홍을 들쳐 업고 의원을 찾아 사방으로 뛰었다. 진홍이 너무 가벼웠다. 허깨비 같았다. 살아 있는 존재를 껍데기로 만들 순 없었다.

연화는 가진 돈을 모두 털어 의원에게 건넸다. 응급 처치 후에도 진홍은 쉬이 눈을 뜨지 못했다. 연화는 진홍의 곁에서 자꾸만 싸늘해지려는 몸을 연신 비비고 데웠다. 진홍의 불이 돌아오길…! 타인의 불을 지피고 싶었다. 연화는 살면서 한 번도 느끼지 못한 뜨거운 기운을 느꼈다.

진홍은 수일 후에 간신히 눈을 떴다. 작게 눈을 뜬 진홍이 연화를 알아보고 살짝 입꼬리를 올리더니 물었다.

"넌 왜 내게 눈길을 주지 않았니?"

이번에 연화는 분명하게 말했다.

"기방에서 네가 나오길 목을 빼며 기다렸다. 눈이 빠지도록 멀리서도 널 찾았어. 너도 봤잖니?"

진홍이 희미하게 웃었다. 연화는 진홍의 옆에 나란히 누웠다. 둘은 서로의 눈 속에 잠긴 희미한 빛을 들여다보았다.

"지금도 떠나고 싶으냐?"

진홍이 고개를 끄덕였다.

"나랑 멀리 갈까?"

이번에도 진홍이 고개를 끄덕였다. 누군가에게 자신의 불을 이해받고 싶다는 욕심 따위 품어본 적 없었는데 욕심이 생긴 건 처음이었다. 자신의 불을 벼리고 다루듯 남의 속에 품은 불도 지피고 다루고 싶었다.

진홍은 연화의 세 번째 불이 되었다.

둘은 함께 강원도로 떠났다. 진홍은 산에서 몸을 풀었고 딸을 낳았다. 딸 이름을 옥이라고 지었다. 두 사람은 딸의 엄마들이 되었다.

세 여자는 계곡이 깊고 산비탈 경사가 급한 곳을 골라 고산지대에 머물렀다. 연화는 쇳물을 데워 도구를 만들었다. 숲을 태워 밭을 일구며 살았다. 감자가 얼마나 수확될지, 애써 수확한 걸 누구에게 뺏기지는 않을지 늘 가슴 졸이며 살았다. 삶의 터전을 단단하게 만드는 일만으로

도 매일매일 시간이 모자랐다.

세상과의 접점을 알지 못하는 건 연화도 아버지와 다를 바 없는 것 같았다. 특별한 꿈은 없었다. 단단한 무기를 만들겠다거나 위대하고 거룩한 일을 완성하겠다는 목표도 없었다. 하지만 사랑을 쏟아 딸 옥이를 건강하고 행복하게 키우고 싶었다. 딸만큼은 자신이 원하는 삶을 마음 편히 선택하며 살게 하고 싶었다. 딸을 지키기 위해 자신의 시간을 담금질하고 싶었다. 곁에 있는 사람의 마음에도 풀무질하며 살고 싶었다. 남의 불을 피우려니 자기 속의 불은 자연히 꺼질 틈이 없었다.

아무것도 없는 곳이 터전이 되었다. 깊은 산속에서 연화와 진홍은 서로의 어깨에 기대어 올려다볼 달을 찾아냈다.

산 아래 시간도 흘러갔다. 생산량의 반을 지주에게 뺏겨야 하는 소작농들이 산 깊은 곳으로 들어왔다. 화전민이 늘어났다. 벌목을 위해 사람들이 올라오기도 했다.

사람들이 올라올 때마다 가족은 더 깊은 산으로 도망쳐 들어갔다. 깊은 곳일수록 땅은 척박했다. 큰비를 만나 간신히 산사태를 피한 적도 있었다. 도와줄 사람은 아무도 없었다. 운에 기대어 사는 것이 자구하는 방법이었다.

산 아래 살다, 중턱에 살다, 산골짜기로, 계곡의 벼랑 사이로, 폭포가 이불처럼 드리운 경계 너머로, 숲의 숲속으로, 굴의 굴을 파서 들어갔다. 숨을 수 없을 곳까지 파고 들어가 숨었다.

화전민은 철도 건설 노동자로도 차출됐다. 그렇게 끌려간 뒤에도 감자와 옥수수도 제대로 먹지도 못했다. 가족은 차출되지 않았다. 운이 좋았다고 말하긴 어려웠다. 산 아래 사람들에게 넋 나간 년과 소박맞은 년, 뭐에 쓰였는지 홀린 년, 귀신 들린 년, 성하지 않은 년 같은 이름으로 불렸기 때문이었다. 그렇게 반쪽짜리 인간이 되었다.

연화는 언젠가 갑이가 말해준 이야기가 생각났다. 온전한 인간이 가장 먼저 끌려갔다. 명령에 따르려면 명령을 알아들어야 했다. 무기도 되지 못할 무기를 쥐고 가장 앞 열에 세워져선 모가지가 날아갈 존재가 되는 거였다. '온전하지 못한 년'들은 차출에서 제외됐다. 명령을 알아듣지 못할 거라고 판정받은 셈이었다. 불려가지 않은 대신 형벌 같은 빈곤이 기다렸다. 굴의 굴속엔 먹을 게 없었다.

가족은 굶주림 속에서 서로에게 기대어 자신들이 한 번도 속해보지 않았던 세계를 그려보곤 했다.

진홍이 연화를 보며 안쓰러워했다.

"네가 만약 돈이 있고 지식이 있고 언변이 좋고 권세가 있었다면 어땠을까? 그래서 네 도면을 진짜로 만들어낼 힘이 있었다면 어땠으려나? 네 엔진으로 세상을 굴렸을 것인데…"

연화는 진홍의 거칠어진 손을 쓰다듬으며 말했다.

"네가 조금 덜 아름다웠다면 어땠을까? 네 노랫소리가 조금 더 투박했다면, 네 춤이 보기 흉했다면 어땠으려나? 그랬다면 경성을 뒤흔들지 않았을 것인데, 너의 재능을 시기하는 사람도 만나지 않았을 것이고, 너를 독점하려는 무뢰한 나부랭이도, 자유분방한 여자를 혼쭐내겠다는 미친놈도 만나지 않았겠지. 어때? 그랬다면 행복했을 것 같으냐?"

진홍이 연화의 말에 씁쓸하게 웃었다.

조건이 걸린 상상이나 기원은 무의미했다. 어디에 있었대도 그들이 품은 불은 몹시 뜨거웠을 거였고 아무리 황폐하고 거친 곳에서도 쉬이 꺼지진 않았을 거였다.

배가 고파 기운이 없을 땐 서로의 어깨에 기댔다. 어지러움 때문에 대낮에도 훤하게 달이 떴다. 진홍이 노래를 불렀다.

아침부터 주린 창자

움켜쥐고서 종일토록

먹을 궁이 헤맨 아버지

빈손으로 돌아오니

날은 저무는데 기력 없이

방문 문에 쓰러지누나[12]

콩알만큼이라도 먹을 것이 있는 곳엔 반드시 수탈이 있었다. 뺏기지 않으려면 차라리 아무것도 소유하지 않는 게 나았다. 도움을 구하지 못할 바엔 처음부터 도움을 받지 않아야 했다. 자립이나 공생까지는 꿈꾸지도 않았다. 죽지 않고 끈질기게 살아남으면 다행이었다.

산속 깊은 곳은 아무도 찾지 않았다. 사람의 인적이 닿지 않는 깊은 산기슭에서 기묘한 도깨비불이 떠다닌다는 소문이 돌았다. 갑이가 없는 곳에서 연화는 밤낮으로 불을 피우며 살았다.

6

주린 뱃속에서도 늘 기세가 끓었다. 생존이라는 사투를 벌이면서도 갑이를 대체할 불을 만들고 싶다는 연화의 꿈은 좀처럼 식지 않았다.

진홍이 모아두었던 보석을 하나씩 팔아 무쇠로 바꾸었다. 척박한 땅을 일굴 농기구를 만들었다. 자동 쟁기와 도르래, 동력이 붙은 물레와 절구, 빨래 방망이를 만들었다. 장치들을 돌리며 끊임없이 증기가 올라갔다. 밥을 짓느라 연기를 냈다. 연화는 깡통과 기차를 보기 전부터 뜨거운 기운을 꿈꾸고 있었다.

거대하고 두꺼운 무쇠 주전자를 만들었다. 엔진 속 쇳

물을 오래 끓이도록 불을 지속하는 것이 가장 문제였다. 오래 탈 수 있는 흑토를 찾아내 톱밥과 섞거나 동물의 뼈나 기름을 석탄에 섞어보기도 했지만 갑이의 불만큼 오래가진 못했다. 흑토를 바꿔보고 장치를 단단하게 바꾸는 동안 산 위의 시간이 흘러갔다.

연화는 첫 불을 지켰고 불을 관리했다. 장작을 쌓았고 팼다. 세간살이를 관리했고 들판을 달렸다. 필요한 모든 일을 했다. 아버지처럼 자신의 시간을 두드렸다. 때때로 아버지를 떠올렸다. 비록 아버지와 살던 시절과 다를 바 없이 궁핍하게 살고 있지만 연화는 아버지와 달랐다. 할수 있는 일을 다 해 딸을 잘 키우겠다는 분명한 꿈이 있었다.

적어도 연화는 산 아래에서 벌어지는 일에 관심이 있었다. 산 아래 세상과 자신 사이에 접점이 있단 걸 상상했고, 기대했다. 접점이 더 많이 생기길 원했다. 스스로 생존하고 누군가를 돕다가 종국엔 우리 자신을 구하는 일에 힘쓰며 살고 싶었다.

늘 주린 삶, 거친 자리에 세 사람이 누워 서로에게 기댔다. 그럴 때면 살아있다고 느꼈다. 다른 인간을 대표할 리도 없지만, 귀한 사람이라 불린 적도 없었지만, 모두 자기 자신으로 살아있는 인간이었다. 자립하고 자주하고 자족하는 인간, 누군가의 다스림은 필요 없는 인간이었다.

수년이 지나자 강원도의 산은 식솔 셋이 먹을 만큼의 감자를 허락했다.

딸 옥이는 화전민 아들과 결혼해 산을 내려가 살았다. 딸애가 딸을 낳았다. 옥이가 경성의 공장으로 일하러 간 사이, 손녀 향이가 두 할머니와 함께 살았다.

어느 날, 산 아래 아이들이 가족을 찾아왔다. 부모에게 버려졌거나 부모가 돌아오지 않는 아이들이었다. 힘을 쓸 만한 어린 소년들까지 일찌감치 건설 일 등에 투입된 모양이었다. 미처 노동력이 되지 못한 소녀들이 산속에서 모락모락 김이 올라오는 걸 발견하고 찾아왔다. 감자를 나눠 주고 함께 살았다.

복이, 순이, 금이, 은이, 먹을 입이 한꺼번에 넷이나 늘었다. 손녀 향이와 엇비슷한 나이였지만 모두 딸 삼았다. 극빈 속에서도 자구하려던 삶에서 상생하는 삶으로 넘어갔다.

도구와 장치도 늘어갔다. 산짐승을 잡을 구덩이를 파기 위해 굴착 기계를 만들었다. 최소한의 동력으로 움직이는 자동 베틀과 삽, 가래, 방아와 맷돌, 절구…. 지게와 가마를 대신하는 이동식 목마와 증기 수레와 번개를 만들었다. 산속이 점점 뜨거워졌다.

연화는 번개에 아이들을 태우고 언덕을 미끄러졌다. 서대문에서 연화를 향해 손을 들었던 소녀가 종종 떠올랐다.

손녀와 놀아줄 태엽 목마도 만들었다.

"할머니, 목마에 날개가 달려서 하늘을 날면 좋겠다. 비행기처럼!"

하늘을 나는 철마, 진짜로 만들어보고 싶었다. 기시무라의 비웃는 소리가 곧장 들리는 듯했다. 엔진 무게 때문

에 제자리 뛰기를 하기도 전에 곤두박질칠 거라고 말했겠
지.

딸들의 상상은 누구의 비웃음도 상관하지 않았다.

복이는 아름다운 말馬을 원했다.

"어머님, 뿔 달린 말을 만들어줘요."

순이는 아예 용을 원했다.

"용을 만들어줘요!"

"용은 어디다 쓰게?"

"불도 뿜고 비도 내리게 하는 게 용이잖아요."

금이는 큰 장비와 기계를 원했다.

"할머니, 큰 배를 만들어서 바다 건너로 보내요. 우리
엄마 아빠를 찾아오도록…."

딸들의 꿈은 연화의 꿈이 되었다. 연화는 아이들과 함
께 나이를 먹어갔다. 매일 번개를 타고 산을 누볐다. 모두
의 삶이 멈추지 않고 돌아가도록 살폈다. 진홍이는 종일
아이들을 가르쳤다. 비싼 학비 때문에, 여자아이라는 이
유로 학교에 가지 못한 게 한이었던 아이들은 배움에 열

정적이었다.[13] 두 살 나이 많은 복이가 순이를 가르쳤고 순이는 세 살 어린 향이를 가르쳤다. 모두 각자의 불로 서로의 열망을 돌리며 살았다.

딸들이 번개를 타고 산을 내달리는 걸 바라보며 연화는 어느덧 환갑을 맞았다.

경성에서 돌아온 옥이는 경성이 뜨겁게 변하고 있다며 이야기를 들려줬다. 인쇄국, 기와 공장, 토관공장 양잠소 직조공장 정미공장, 피혁공장, 간장 공장, 과자 공장… 지열처럼 뜨거운 기운이 반도를 계속 끓이고 있다고 말했다.

"전환국에서 지폐를 만들던 일꾼들도, 제직 회사에서 일하는 노동자들도 여자들이 많아요."

옥이의 눈빛은 진홍이 눈빛만큼이나 다부졌다.

자원 없는 자들, 뺏긴 자들은 계속 일하고 있었다. 여자들은 끊임없이 세상을 돌리고 있었다.[14]

7

아이들이 일을 거들 수 있을 정도로 성장했을 무렵, 조선말을 아주 잘하는 깡통 하나가 산으로 찾아왔다. 여자아이들에게도 내지에서 일자리를 얻을 수 있다고 제안했다.

깡통은 여자들도 시대에서 한 사람 몫을 해야 한다고 말했다. 누가 떠밀지 않아도 제 발로 움직여야 한다고도 말했다. 그래야 아버지나 남편이 아니라 자기 선택에 스스로 책임을 지게 되는 날이 올 거라고, 과부와 처녀들도 전쟁 영웅이 되는 때가 올 거라 했다. 그가 말하는 동안에도 빈 수레 같은 시끄러운 소리가 깡깡, 울려 퍼졌다.

또박또박한 조선말이 드러내고 있었다. 깡통 속에 들어 있는 혼백이 조선인이라는 것을.

복이와 향이, 손녀들이 나섰다.

"다녀오겠습니다."

"돈을 벌어 돌아올게요. 뭐든 배워올 거예요."

그 말에 순이는 언니들을 따라가겠다고 용기를 냈다. 가고 싶지 않다는 금이와 은이는 울면서 무겁게 발걸음을 옮겼다. 며칠 설득하던 깡통이 아이들을 데리고 가며 칭찬했다.

"너희들의 자발적 선택은 용감했다. 모두가 기억할 거야."

자꾸만 뒤를 돌아보며 산을 내려가는 아이들에게 연화와 진홍은 짐짓 크게 손을 흔들어주었다. 산속에서 지독한 외로움을 맞는 대신 모험이 주는 새로운 바람을 맞길 바랐다. 아이들이 드리운 길고 짙은 그림자를 늙은이의 불안함으로 해석했다. 연화는 세상과의 접점을 원했지만 악랄한 전쟁의 논리까지는 상상하지 못했다.

그 아이들뿐만이 아니었다. 경성에 남았던 여성 배우들, 기생들, 명창들, 진홍의 제자들과 그녀들의 딸들이 모두 정신대와 위안부로 동원되어 떠났다는 이야기를 들었다. 많은 사람이 갔다는 말에 연화는 불안함을 외면했다. 서로 도우며 오겠지, 쓰러진 애들을 일으켜 세우며 돌아오겠지.

모두 남의 전쟁에 동원되었다. 무기도 되지 못할 무기를 쥐고 가장 앞 열에 섰다. 소년들과 연장자들까지 건설 현장으로, 전쟁터로 나갔다. 태엽 깡통으로 몸을 바꾼 조선인들이 가장 위험한 현장, 전열의 가장 앞줄에서 이들을 인솔했다. 조선인 비행사들이 제주도 훈련소에서 위험한 훈련을 받는다는 이야기도 들렸다. 제정신으론 어느 것 하나 믿을 수 없는 얘기뿐이었다.

연화와 진홍은 정확한 소식을 확인할 길도 없이 손녀와 딸들을 기다렸다.

소식을 들으러 연화는 매일 산을 내려갔다. 아이들이 돌아오는 걸음을 함께하는 걸음이 되길 바라며, 험한 길을 골라 걸었다. 일부러 먼 길을 떠났다. 딸들이 만주로, 사이판으로, 미얀마로 갔다는 이야기를 들었다. 수년을 기다렸지만 아무도 돌아오지 않았다. 딸들이 어디로 간 건지, 무슨 일을 한 건지, 돌아오고 있는지 어느 것 하나 알 수 없었다.

복이, 향이, 순이, 금이, 은이야… 딸들이 돌아오는 길에 다리가 아파 쉬고 있을 게 분명했다. 딸들이 늦더라도 무사히 돌아오길, 지금도 돌아오는 도중에 어딘가에서 잠시 쉬고 있는 것이길, 돌아오다가 좋은 사람을 만나 자리 잡고 아이 낳고 살다 와도 좋으니, 천천히라도 꼭 돌아오길…, 연화는 걷고 걸었다. 빌고 빌었다.

결국 딸들과 다시 만나지 못하고 진홍이 먼저 세상을 떠났다. 마지막 순간, 작은 몸으로 거친 땅을 일구느라 더욱 쪼그라든 진홍의 몸을 연화는 꼭 끌어안았다. 그의 몸에 남은 미열을 천천히 어루만지며 떠나보냈다.

"고생 많았다."

혼례식도 열지 않았고 예물을 갖추지도, 혼서를 쓰지

도 않았다.

"누군가에게 허락을 구하지도 않았지만 너는 나의 아내였고 나는 너의 아내였다."

연화가 인생에서 만난 세 개의 불이 모두 사그라들었다. 연화는 홀로 남았다. 홀로 어둠 속에 머물며 깨달았다. 어디에도 속하지 않은 자들, 이도 저도 아닌 존재, 자기 자리가 없다면 차라리 인간이라 불리지 않아도 좋다고 말했던 인간들이 바로 도깨비들이었다는 것을.

연화는 딸들이 돌아올 길을 밝히고 싶었다. 불이 필요했다. 꺼지지 않는 불이. 매일 밤, 흑토를 태워 대낮처럼 숲속 길을 비췄다.

시간을 들여 땅을 다지고 가시덤불을 다듬어 길을 만들었다. 오솔길을 따라 키 낮은 조족등[15]을 세웠다. 한밤에도, 새벽에도, 또렷이 걸음을 비추도록. 멀리서 보더라도, 언제 발견하더라도 집으로 오는 길을 환히 볼 수 있도록.

8

호랑이나 말이 되진 못했지만 연화는 날듯이 달리며
살았다. 세 개의 불이 꺼지지 않고 연화의 여생을 지폈다.
영원히 타오를 불과 빛이 마음에 남았다. 줄곧 엄청난 속
도에 미쳐 살았다. 서늘한 불과 귀를 때리는 굉음, 작렬하
는 강렬한 빛이 평생을 이끌었다. 그리고 이젠 아무도 찾
아오지 않는 곳에서 누군가의 걸음을 미리 밝히며 살고
있었다. 손녀들이 원했던 목마를 철마로 만드는 데에 여
생을 바쳤다.

칠순을 앞둔 어느 밤이었다. 똑똑, 한밤에 문을 두드리
는 소리가 들렸다. 찾는 이 없이 홀로 지내다 보니 자신을

찾는 소리가 다가왔다는 걸 이해하는 데에도 시간이 걸렸다.

"오랜만에 나랑 씨름이나 할 테냐?"

밖으로 나가보니 매끈하고 말쑥한 모습을 한 갑이가 서 있었다. 말끔한 얼굴과 신식 복장, 나이를 가늠할 수 없는 청년의 모습이었다. 전엔 움직일 때마다 시끄럽게 울렸던 태엽 소리도 사라져 걸음걸이도 고요했다.

연화는 천천히 다가가 양팔로 갑이를 끌어안았다. 그의 심장에선 전처럼 불이 타오르고 있을 테지만 몸은 전혀 뜨겁지 않았다. 아니 섬뜩할 정도로 차가웠다. 생기가 느껴지지 않았다. 연신 하얀 연기를 뿜어내는 몸이 기계라는 것을 보여주고 있었다. 지금 바로 아침 해가 뜬대도 싸리비로 변하진 못할 것 같았다.

"원하던 대로 겁쟁이 인간이 되어보니 어떻더냐?"

"좋더군. 너희 아버지의 아버지의 아버지들도, 넋이 온전하지 않았던 왕들도 이젠 다 이해하게 됐다."

갑이의 매끈한 얼굴에 달빛이 내려앉았다.

"여긴 한밤에도 대낮 같구나. 멀리서도 네가 여기 있는 줄 한눈에 보이더군."

둘은 나란히 서서 산속을 밝힌 불을 둘러보았다.

연화는 갑이를 공방으로 들였다.

"한번 볼 테냐?"

갑이가 작업대 위에 올라 몸을 뉘었다. 연화는 그의 몸을 열어 내부를 보았다. 뱃속에 자리 잡은 주먹만 한 원통에서 뜨거운 증기가 연신 뿜어 나오고 있었다. 원통과 연결된 축이 상하로 규칙적으로 움직이면서 물레방아처럼 태엽을 감고 있었다. 확실히 이전에 본 적 없을 정도로 정교한 장치였지만 깡통에 놀란 것이 아니었다. 실은 연화 자신이 고안했던 설계와 다르지 않았다는 데 놀랐다.

지속할 수 있는 열원이 관건이었다. 연화는 영원히 타오를 불을 예정하고 도면을 만들었지만 그 정도의 강력한 불은 제 손에 없었다. 갑이의 태엽 장치 속에는 있었다. 그건 깡통의 힘이 아니었다. 갑이의 불이었다. 갑이가 혼백을 내준 게 깡통이기 때문이었다.

"연화야. 나는 아무 인간이나 되고 싶은 게 아니었어."

제 몸속을 훤히 드러낸 채 천장을 향해 누운 갑이가 말했다.

"줄곧 인간이 되고 싶다고 하지 않았냐?"

"평범하고 열등한 인간 말고, 특별하고 우월한 인간이 되고 싶었다. 그래서 조선인보다 깡통 인간이 되는 게 낫다고 생각했지."

갑이의 심장에서 싱거운 웃음소리처럼 피식, 하며 증기가 새어 나왔다.

"깡통이 되고 난 뒤에야 알았다. 깡통보단 내지인이 되는 게 낫겠다 싶더라. 내지에 가서 살아보니 내지인보단 벽안인이 되고 싶었고 말이야."

평범하고 초라한 인간을 열등하다고 비웃더니 인간 중에서도 가장 변변찮은 인간이 되었구나. 영원할 혼백을 팔아 고작 금세 파탄 날 짧은 인생을 택했어. 진짜로 인간이 다 되었구나. 연화는 마음속으로 혀를 찼다.

"벽안인이 되고 싶었는데 그러려면 진짜 내지인이 되어

야 한다지 뭐냐? 신성한 작전에 앞장서 참여해 온전한 내지인이 되기로 했다."

그렇게 말하는 갑이가 외로워 보였다.

"날 보고 사내아이인지 계집인지 묻지 않는 네가 좋았는데 너는 스스로 조선인인지 내지인인지 줄곧 물어왔구나."

그가 몸에 두른 정교하고 매끈한 태엽 장치가 세상에서 가장 남루해 보였다.

갑이가 몸을 추스르며 일어났다.

"마지막으로 네 얼굴을 보고 갈 수 있어 다행이었다."

"어딜 가는데?"

"내가 세상에 존재했다는 것을 조선인들에게 증명하러 간다."

갑이는 무기도 되지 못할 무기를 쥐곤 기쁘게 가장 앞 열에 서는 인간이 된 것 같았다.

"죽으러 간다고? 제 발로?"

제주도의 비행 훈련장에서 특별한 훈련을 받았다고 말

했다. 성스러운 신의 태풍이라는 가짜 이름 속에서 가장 비루해지는 바람이 되는 훈련, 가미카제라는 자살 특공대가 되는 훈련을 받았다고 했다. 임무를 완료하는 마지막 순간은 일생일대 가장 영예로운 순간이 될 것이라고도 말했다. 영원했던 불이 꺼지는 순간은 자신의 존재를 조선인들 앞에 증명하는 순간이 될 거라고 쓸쓸하게 덧붙였다.

연화는 갑이를 막아섰다.

"안 된다! 남이 네 불을 꺼트리는 곳으론 가지 말아라. 돌아올 수도 없잖느냐!"

산화되어 사그라든다고 조선인들이 애틋하게 마음에 담아줄 리 없었다. 용감한 깡통이었다고, 자신들과 똑같은 존재였다고 일본인들이 기억할 것 같지도 않았다.

"널 기다리지도 못하는 거잖냐?"

연화는 갑이를 끌어안고 놓지 않았다. 아침이 밝아올 때까지 씨름할 작정이었다.

"옛날부터 인간치고는 근성이 있다고 생각했다만…."

"흥, 너도 싸리비로 변신할 수도 없잖느냐? 이젠 같은 처지 아니냐?"

연화는 갑이를 놓지 않았다. 갑이의 차가운 몸 안쪽에서 어슴푸레 미열이 번져오는 게 느껴졌다.

"너는 꺼지지 않는 불이다. 함부로 사그라들 불이 아니야."

빛도 기운도 잃은 갑이가 연화의 노약한 품 안에 안겨 머리를 기댔다.

"그거 아냐? 너는 조선의 마지막 도깨비가 아니다. 내가 너 대신 도깨비가 됐으니까."

그러자 갑이가 연화에게 말했다.

"너만 나를 믿어줬어. 넌 나를 계속 타오르게 했지. 네가 내 불이었다."

그의 몸에서 울리는 박동이 점점 커졌다.

"내지인이, 벽안인이 대체 무슨 소용이냐…."

갑이는 젊고 용맹한 장군을 보필해 신의를 지켰던 검은 말이었던 과거에 대해 말했다. 모두 죽고 난 뒤 시체들이 쌓인 무덤 속에서 다시 태어난 옛일을 말했다. 갑이는 자신의 두 번째 부활을 믿고 있었다.

"너만 죽게 하는 장수에겐 신의 따위 없다."

갑이의 불이 희미해졌다.

아침이 밝아왔다. 그는 연화의 공방에 누워 눈을 감았다. 싸리비로 변하진 않았으나 원래 갑이의 모습으로 되돌려주고 싶었다.

"영원히 타오를 곳으로 가자."

연화는 갑이의 심장을 꺼냈다. 뜨거운 심장 속에 담긴 도깨비불을 연화의 엔진에 나눠 담았다. 심장을 잃은 깡통은 곧 차갑게 식었다. 너절한 불이 되어 홀로 쓸쓸하게 산화하려 했던 갑이의 계획은 중단되었다.

"너의 불로 길을 밝히자. 길 잃은 사람들이 돌아오도록."

연화는 갑이의 심장을 철마에 넣어 천천히 하늘로 띄웠다. 철마는 투박했다. 언젠가 영원한 불을 품게 되길 꿈꾸었지만 실제로 비행하는 건 처음이었다.

회전축에 연결한 여섯 장의 날개가 원을 그리며 날아 올랐다. 날갯짓이 잠자리처럼 가벼워 보였고 육중한 쇳덩 어리가 날렵해 보였다. 갑이의 불이 있기에 가능했다.

갑이는 이제 돌아올 사람들을 위해 자신의 불을 피우는 존재가 되었다. 설화 속에서 태어난 존재는 이제 연화의 철마 속에서 새로운 신화가 되었다. 영원한 존재가 되었다.

"우리 딸들이 돌아오는 길을 밝혀주렴."

연화는 철마가 뛰어오른 밤하늘을 올려보며 손을 흔들 었다.

복이야, 향아, 순이야, 금아, 은아, 내 딸들아. 오고 있는 길이냐? 조금 늦는 건 괜찮으니 돌아오더라도 꼭 안전한 길을 골라오렴. 따뜻하고 푹신한 곳에선 잠시 쉬고 몸을 추스르렴. 한숨 푹 자다 일어나렴. 돌아오다 좋은 사람을 만난다면 자리 잡고 아이 낳고 행복하게 살다 오렴. 늦게 라도 좋으니 꼭 무사히 돌아오너라.

철마의 몸 안에서 갑이가 타올랐다. 갑이의 심장을 품은 철마가 어둠이 가장 짙은 곳을 향해 날아올랐다. 거칠고 험한 시대와 앞으로도 끈질긴 씨름을 벌일 거였다. 그의 철마가 도착할 시대가 그를 기다리고 있을 거였다. 굴복을 거부하는 심장이 타오르는 세상, 도면에 꿈꾸었던 번영을 현실로 만들어내는 세상, 생의 열기로 가득한 새로운 세상, 그리하여 떠난 이들과 뜨겁게 재회할 세상으로. 연화는 남은 갑이의 불을 휴대용 소형 엔진에 나눠 담아 온 사방에 도깨비불을 피웠다. 가로등 안에, 물레방아 안에, 수레 안에, 번개 안에… 마을로 내려가며 갑이의 불이 담긴 엔진을 집집마다 나눴다. 땅을 잃고 화전민이 된 이들에게, 밤에도 뜨는 기이한 불과 스스로 움직이는 수레를 보고 두려워하면서도 설렜던 이들에게, 과부와 고아와 기생과 신여성, 그들에게 혀를 차다 자신까지 미워한 이들에게, 남의 전쟁에 끌려간 이와 그 가족들에게, 자주독립을 위해 촛불과 횃불을 든 자들에게, 어둠을 물리치며 미래를 밝히는 모든 연구자에게, 한 인간과 한 민족의 완전한 주권을 위해 일하는 사람들에게… 그들의 곁을 밝히는 꺼지지 않는 불을 나눴다. 누군가에겐 위협이 되기에 별거 아니란 이름으로 불렸던 불, 누군가 꺼트리려 할 때 더 빛나는 혼불을. 갑이의 불이 사방에 번진 순간, 잠시 쓰러질지언정 꺼지지 않은 사람들이 모두 불이 되어 타올랐다. 침략과 약탈을 땔감 삼아 세상을 불살랐던 제국의 불이 사그라들고 있었다.

작가의 말

　장르적 상상력이라는 파워풀한 무기를 빌려 식민지 시대에 밀려난 사람들을 새로운 이미지로 빚어볼 수 있었다. 판타지와 미래 기술로 과거 현실을 재해석하는 기획이기에 현실과는 아예 다른 새로운 대체 역사를 그리는 것이 장르의 묘미겠지만 차마 거기까지 가진 못했다. 행여 낭만적으로 그려질까 싶어 조심했다. 누군가를 외롭게 남겨두고 새로운 미래로 혼자만 달려갈 순 없달까. 기왕이면 모두가 같이 가볼 수 있는 곳으로, 작은 보폭으로나마 함께 가보고 싶었다는 말로 장르적 상상력에 능통하지 못한 편협함을 변명해 본다. SF소설을 습작하던 때, 켄 리우의 단편들을 읽었다. 「태평양 횡단 터널 약사」와 「역사에 종지부를 찍은 사람들」등의 작품을 읽으며 독자로서도 한국 작가의 시선으로 과거사가 재해석된 SF를 더 많이 읽고 싶다고 생각했다. 특히「태평양 횡단 터널 약사」에 간략하게 묘사된 조선 여성, '죽은 생선처럼 꼼짝도 하지 않은 여성'이란 표현이 여러 의미로 오래 마음에 남았다. 끔찍한 리얼리티로 읽히긴 했지만 동시에 한국 작가였다면 그렇게 담담하게 묘사하진 않을 거라 생각했다. 내 딸의 고통을 두고 '미안하지 않았다, 너무 피곤했으니까'라고 생각할 순 없으니까. (그 씬에 묘사된 정서나 시각을 비난하는 것은 아니다.) 그 생각의 끝에선 '어쩌면 내가 써야 할지도 모른다'는 막연한 사명이 생겼다. 15년 정도 일본 생활을 하며 보고 느낀 경험 때문이었다. 딱히 역사 문제에 정통한 것도 아닌데 아무도 내게 부여하지 않은 책임감을 혼자 고이 품어보았다. 본 작품은 켄 리우의 작품「즐거운 사냥을 하길」에 빚을 졌다는 것을 밝힌다. 애정을 담아 한국적 오마주를 시도했다. 위 작품 속 일부 묘사에 동의하지 않았기에 나름의 사명감이 더해진 건지도 모르겠다. 또한 한정현 작가님 작품집 『소녀 연예인 이보나』를 읽은 덕에 인물을 빚어볼 수 있었다는 것도 밝혀야겠다. 읽어주실 독자 분들께 솔직하게 밝혀둔다. 도깨비가 인조노동자가 되고 여성들이 무한 동력 엔진을 끓이는 식민시대를 그려보며 상상했다. 다양한 입장과 관점, 시선을 폭넓게 상상하는 일이 야만을 끝내고 새로운 미래로 우리를 이끌 것이라고.

2021년 가을

황모과

주석

1 고종 24년, 즉 1887년, 에디슨에 의해 1879년에 발명된 탄소
   필라멘트 전구가 8년 만에 조선에 들어왔다. 1883년 미국에
   파견된 고종 사절단이 보스턴 박람회에서 백열전구를 보고 에디슨
   전기회사와 계약을 체결했다.

2 「독립신문」, 1896.10. 20.

3 일본에서는 1890년 도쿄 박람회에서 전차가 처음으로 선보이게
   됐지만 어디까지나 전시용이었다. 1895년 교토에서 시운전을
   시작한 게 최초로 상용화된 전차였다. 조선으로 건너온 일본인 중
   경성에서 처음으로 전차를 본 사람도 많았다.

4 "아직도 잠에서 깨어나지 않은 줄로 여겼던 고요한 아침의 나라
   국민은 서구의 신발명품을 거침없이 받아들여 서울 시내 초가집
   사이를 누비며 바람을 쫓는 속도로 달리는 전차를 타고 여기저기를
   구경할 수 있다니 어찌 놀랍고 부끄럽지 않으랴!" Genthes Reisen,
   Band 1 Korea, Berlin, Allgemeiner Berlin für Deutsche Literatur,
   1905, 이태진, 「18~19세기 서울의 근대적 도시발달 양상」,
   『고종시대의 재조명』, 태학사, 2000, 345쪽 재인용.

5 체코 작가 카렐 차펙의 희곡『로숨의 유니버설 로봇』에서
   로봇이라는 표현이 최초로 등장하는데 1925년 국내에는
   인조노동자로 번역 출간되었다.

6 거북이 등딱지와 개구리 얼굴을 가진 어린이 정도의 몸집의 일본 전설 속 요괴.

7 일본에 침탈되기 전, 오키나와 일대에 존재했던 옛 왕국.

8 조선시대 말부터 화전민 수는 점차 늘었고 일제강점기 수탈정책으로 인해 급증했다. 일제강점 직전인 1909년 140제곱킬로미터에 불과하던 화전 면적은 1938년 4400제곱킬로미터로 무려 30여 배가 늘었다. 화전민은 1916년 24만5천 명에서 1932년 131만 명을 거쳐 1939년 152만 명으로 급증했다.

9 〈삼천리〉, 1935년 1월호.

10 갈보의 '갈蝎'은 진드기처럼 피를 빠는 벌레를 지칭한다.

11 '남이 싫어하는 여자', 〈신동아〉, 1932년 10월호, 변형 인용.

12 「구제가」, 〈매일신보〉 3면, 1931.10.28

13 일제는 '보통학교령'으로 무상이었던 수업료를 징수했으며 가난한 사람의 취학을 제한했다. 월 수업료가 소작농의 연간 총수입 수준이었다고 한다.

14 1899년에야 서울의 종로포목상이 중심이 되어 종로직조사가 건설되었고, 1902년 사기제조소·김덕창직조공장 등이 생겼으며, 관영공장으로는 1903년 한성전기, 1905년 인쇄국, 1907년 기와·토관공장이 설립되었다. 이러한 근대공업을 이식하기 위한 노력과 병행하여 1902년에 궁내부 내장사 직조서에 모범양잠소가 설치되어 근대적 양잠기술을 가르쳤고, 각도에 공업전습소를 설립하여 염색과 직조 등에 관한 기술보급에 힘써 공업화를 측면에서 지원하였다. 그러나 제국주의 열강, 특히 일본의 경제적

침탈을 막을 수는 없었다. 1902년 이전 9개의 청주 · 장유 공장을
비롯, 15개에 불과하였던 공장이 1909년 말 정미공장 31개,
통조림공장 3개 등 식음료 · 담배 공업에 61개 공장, 기와 · 석회공장
13개 등 중간재공업에 23개 공장, 조면공장操綿工場 3개 등
섬유공업에 4개 공장, 기타 22개 공장 등 공장수는 109개로
늘었지만 공업화의 주도권은 일본인에게 빼앗기고 말았다.

15 조선 후기, 포도청의 나졸들이 밤에 순찰할 때 쓰던 등불. 발밑을
    비추도록 만들어진 조명기구.